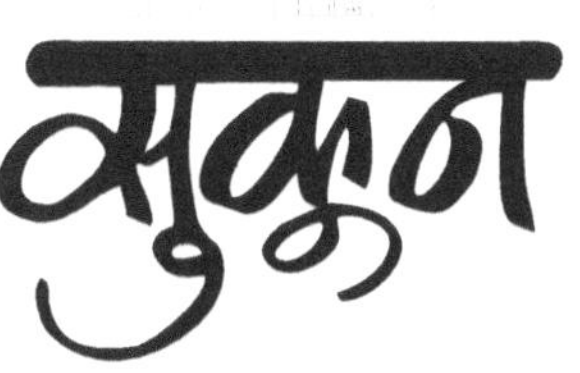

सुकून

सुकून

उपन्यास

विक्रांत शुक्ला

books

सुकून (उपन्यास)
© विक्रांत शुक्ला

प्रकाशक   : **रेडग्रैब बुक्स**
942, मुठ्ठीगंज, इलाहाबाद-3 उत्तर प्रदेश, भारत
वेबसाइट - www.redgrabbooks.com
ईमेल - contact@redgrabbooks.com

आवरण   : श्री कम्प्यूटर्स, इलाहाबाद
कैलीग्राफी   : रवि दाबास, नई दिल्ली
टाइप सेटिंग   : श्री कम्प्यूटर्स, इलाहाबाद
ISBN   : 978-93-87390-29-4
संस्करण   : प्रथम, अप्रैल 2014
              : द्वितीय, मई 2018

तेज़ हवा के झोंके से दीवार पर टँगा कैलेंडर फड़फड़ाया और उसने अपनी नज़र आसमान से हटाकर आज की तारीख पर डाली। 13 अगस्त, 1978। उसने तारीख पढ़ी और एक झूठी हँसी हँसा।

सावन सदा ही जीवन देने वाला रहा है। सावन का मौसम और उससे उत्पन्न होने वाली हरियाली और प्यारा सा माहौल मन को प्रसन्न कर देने वाला होता है, परन्तु आज काली बदली भी उसके मन की जलन को शांत नहीं कर सकी। उसने एक बार फिर आसमान की तरफ निहारकर स्वयं से एक प्रश्न किया, ''क्या मैं सच में यह करना चाहता हूँ?''

थोड़ी देर तक सन्नाटा छाया रहा। उसके चेहरे पर असमंजस साफ़ नज़र आ रहा था। खिड़की के पास बैठे कबूतर की गुटरगूँ साफ़ सुनाई दे रही थी। कभी वो इन आवाज़ों का दीवाना हुआ करता था, परन्तु आज यह आवाज भी उसके चेहरे पर मुस्कराहट नहीं ला सकी। चेहरे पर बढ़ी हुई दाढ़ी, उलझे-बिखरे घुँघराले बाल, जिनमें कई दिनों से कंघी नहीं की गयी थी। उसके मुँह से बास आ रही थी, क्योंकि कई दिनों से वो बिस्तर में ही पड़ा था और उसने मुँह तक नहीं धोया था।

उसके इकहरे शरीर पर कपड़ों के नाम पर बस एक मटमैली बनियान और लुंगी थी।

उसने एक गहरी श्वास छोड़कर, अपने होठों को कसकर, अपने आप को असहनीय तनाव से मुक्त करने का प्रयास किया, जो एक पल को तो कामयाब लगा, परन्तु अगले ही पल शरीर के भारीपन ने उसको बिस्तर पर गिरने के लिये मजबूर कर दिया। उसका शरीर अकड़ रहा था, और अगस्त के महीने में भी वो अपने ललाट पर पसीने का गीलापन महसूस कर सकता था। छत पर घूमता पंखा देखकर उसको मितली सी आने लगी और उसने कस कर अपनी आखें मींच लीं। उसका शरीर बहुत थका हुआ था और दिल टूटा हुआ। उसको ठंढ लग रही थी, पर शरीर में इतनी जान बाकी न थी कि वो चादर उठाकर ओढ़ ले। उसके पास चुपचाप पड़े हुए काँपने के सिवाय कोई चारा ना था।

वो कँपकँपाता हुआ अपने बिस्तर पर पड़ा रहा और खिड़की के बाहर सावन अपने पूर्ण यौवन के साथ बरसता रहा।

जीवन एक सफ़र है और इस सफ़र का एक अनोखा नियम है; कभी भी, सब एक साथ न तो सुखी हो सकते हैं और न ही सब एक साथ दुखी। पास की ही छत पर कुछ बच्चे और किशोर बारिश में नहा रहे थे, और उनकी आवाजें और ठहाके उसको साफ़ सुनाई दे रहे थे। वो बहुत दुखी था, पर उन आवाजों ने उसको जरा सा भी परेशान नहीं किया। उन आवाजों ने उसको, उसका वो समय याद दिला दिया जब वो भी एक बहती हवा के झोंके के समान था... वो भी हँसता और खिलखिलाता था; जब उसके जीवन में भी वो सब था, जो किसी को भी इस धरती पर जीवन जीने की तमन्ना जगाता है।

उसने धीरे से अपनी आँखों को खोला और खिड़की से बाहर नज़र डाली। दूर तक फैला आसमान और काली घटा... एक शून्य, एक विराट-महाविराट शून्य। दीवार पर सामने की तरफ लगी तस्वीर ने उसका ध्यान खींच लिया। इस तस्वीर को देखकर उसने न जाने कितने दिन और रात बिता दिये थे, सिर्फ इस उम्मीद में कि न जाने कब वो तस्वीर हक़ीकत बनकर सामने आ जायेगी।

उसके मुरझाये चेहरे पर एक मुस्कान आई और उसने अपने चेहरे पर हाथ फिराया, और उसको जिंदा होने का एहसास हुआ। उसको हल्की भूख लगी थी। उसने बिस्तर के सिरहाने रखी मेज पर नज़र डाली। एक कागज में लिपटी रोटियाँ रखी थीं। वो खाना उसने तीन दिवस पूर्व पास के एक होटल से खरीदा था। उसने हाथ बढ़ाकर कागज़ में से एक रोटी निकाली और सूख चुकी, उस पापड़ समान रोटी को उसने निहारा। उसकी आखों से एक आँसू निकलकर बिस्तर पर लुढ़क गया। उसने एक बार फिर से उस तस्वीर को देखने के बाद रोटी को अपनी उँगलियों के बीच इस तरह छुपा लिया जैसे एक छोटा बालक अपने माँ-बाप से कुछ छुपाता है। उसने तस्वीर की तरफ़ से करवट लेकर हाथ में छुपी रोटी का एक निवाला तोड़ा और पापड़ समान रोटी के कुछ छोटे-छोटे टुकड़े बिस्तर पर बिखर गए।

"क्या भूख इतना व्याकुल कर देती है कि आदमी मरने से पहले भी कुछ खाना चाहता है?" उसने अपने आप से प्रश्न किया। रोटी के टुकड़े बिखरते रहे और वो तब तक खाता रहा, जब तक वो रोटी समाप्त नहीं हो गई।

रोटी समाप्त करके उसने पलटकर दीवार पर लटकी तस्वीर को निहारा और एक प्यारी सी मुस्कान उसके चेहरे पर तैर गयी।

"माँ-पिताजी! मैं आपके बिना नहीं जी सकता; मैं आपके पास आ रहा हूँ।" उसने तस्वीर से नज़रें हटाये बिना कहा।

तस्वीर जैसे व्याकुल नज़र आई, और उसमें दिख रहे एक बुजुर्ग दंपति के चेहरे के भाव जैसे बदल से गए, परन्तु वो नादान, भावों में हुए परिवर्तन देख न सका।

उसके माता-पिता इस दुनिया से जाने के बाद भी जैसे उसके साथ थे; शायद वो जानते थे कि उनका पुत्र उनके बिना जी न सकेगा। पुत्र, जो खुद तीस वर्ष की उम्र पार कर चुका था, पर उसने कभी भी अपने आप को उस दिन के लिये तैयार नहीं किया था, जब मौत नाम का सच आत्मा रूपी अमर प्रकाश को उसके माता-पिता से छीनकर उनको उससे दूर, बहुत दूर, किसी दूसरी ही दुनिया में ले गया था, और अब

उसको अकेले जीने की चुनौती का सामना करना था... परन्तु, वो तैयार नहीं था!

कैसी अजीब विडंबना थी उसके साथ; कैसी कड़वी हकीक़त, जो सबकी ज़िंदगी में एक नहीं कई-कई बार आती है और इंसान खुद उन अपनों का क्रियाकर्म करता है, जो उसके सर्वप्रिय होते हैं।

वो अपने माँ-बाप के लिये ही जिया था। उसने हमेशा यह महसूस किया कि उसके माँ-बाप अकेले थे, उन्होंने अपना सब कुछ अपने बच्चों पर वार दिया था, और उसने उनकी सेवा करना अपना कर्तव्य माना था। हाँ, यह भी सच है कि इसकी उसे कीमत भी चुकानी पड़ी। उसकी पत्नी उसके चिंतन को कभी भी समझ न सकी, या यूँ कहें कि वो उसको समझा न सका और उसका अपनी पत्नी से तलाक हो गया। अपनी पत्नी से मिली हज़ारों बद्दुआओं को झेलने के बाद भी उसने अपने माँ-बाप को प्राथमिकता दी और जितना उससे बन पड़ा, उसने उनकी सेवा की। अभी कुछ समय ही बीता था कि एक दिन शिरडी से लौटते हुए उनकी बस दुर्घटना का शिकार बनी और वो असमय काल के गाल में समा गए। उसका तो जैसे सब कुछ लुट गया, और बदहवासी की हालत में एक महीना गुज़र गया। उसके मन में अपनी पत्नी के प्रति जो नफरत थी, वो सारी हदों को पार कर गयी। उसके कानों में उसकी पत्नी के अल्फ़ाज़ गूँजने लगे, ''तू और तेरे माँ-बाप कभी सुखी नहीं रह सकेंगे और तू एक दिन कुत्ते की मौत मरेगा!''

वो कभी समझ न सका कि क्या उसकी यह अपेक्षा कुछ ज्यादा थी कि उसकी पत्नी उसके माँ-बाप की इज्ज़त करे, उनको दो वक़्त की रोटी बनाकर दे। उसकी पत्नी यह कर न सकी और हद तो वहाँ हुई जब उसकी पत्नी की वजह से उसके माँ-बाप ने उसका घर छोड़ दिया और अलग रहने लगे। उसकी पत्नी ने उसके उनसे मिलने जाने पर भी ऐतराज़ जताना चाहा; बस वही पल था, जहाँ से उसका उसकी पत्नी से दिल सदा के लिये हट गया और अंतिम परिणाम उनके सम्बन्ध-विच्छेद में परिणत हुआ। जाने से पहले उसकी पत्नी ने न जाने क्या-क्या बद्दुआ दी और कितनी गाली-गलौज की। उसने अपने पढ़े-

लिखे होने के सारे सबूत पेश किये और उसके माँ-बाप ने रही-सही कसर उसका साथ देकर पूरी कर दी। उन लोगों ने एक बार भी अपनी बदतमीज बेटी को समझाने की कोशिश नहीं की, और ये भी न सोचा कि एक तलाकशुदा औरत की समाज में क्या इज़्ज़त होगी।

उसने अपनी पत्नी को कभी छोड़ना नहीं चाहा था; वो तो चाहता था कि सब ठीक से रहें, पर जब सवाल माँ-बाप या पत्नी में से किसी को चुनने का आया तो उसने अपने माँ-बाप को चुना और उसको अपने फैसले पर गर्व था।

पर आज वो अकेला था... बिल्कुल अकेला; और उसके माँ-बाप के साथ उसके जीने की वजह भी खत्म हो चुकी थी। वो उनके बिना एक महीना भी न काट सका और उसने अपना जीवन समाप्त करने का निर्णय ले लिया।

* * *

''कृष्णा! तुम पागल हो चुकी हो।'' देव को ये भी एहसास नहीं हुआ कि वो चिल्ला रहा था।

''आप समझते क्यों नही हैं; मैं सच कह रही हूँ... यह घर भूतिया है, और यह आप भी जानते हैं; मैंने खुद अपनी आँखों से अपने प्यारे मोती को उस दीवार में समाते हुए देखा है और उसके बाद से ही मोती वापस नहीं आया है।'' कृष्णा ने अपने सर से सरकते पल्लू को सही करते हुए अपने पति से कहा।

''देखो, मैं यह नहीं कह रहा कि तुम झूठ बोल रही हो, मुझे लगता है कि तुमको कोई दृष्टिभ्रम हुआ है; तुम थोड़ी देर आराम करो, हम शाम को बात करेंगे। हो सकता है कि मोती सड़क के आवारा कुत्तों के साथ कहीं दूर निकल गया हो; आ जाएगा कुछ समय में वापस। बिना मतलब के डरना नहीं चाहिए; ऐसी बातें करोगी तो लोग तुमको पागल कहने लगेंगे।'' देव ने अपनी आवाज़ को संयत करते हुए कहा।

''देवकी! इनको अन्दर लेकर जाओ।'' देव ने नौकरानी से कहा, जो इतनी देर से चुपचाप खड़ी उनकी बातें सुन रही थी। उसका चेहरा

उसके भी घबराए होने की चुगली कर रहा था। देव ने उसको अनदेखा करना ही बेहतर समझा और बगीचे की तरफ बढ़ गया।

देव कुमार, हरियाणवी फिल्मों का एक नामी नायक था, जिसके नाम से ही वहाँ के सिनेमाघर 'हाउस-फुल' का बोर्ड लगा देते थे। वो नायक, जिसने न जाने कितनी फिल्मों में बड़े-बड़े दुष्ट खलनायकों के छक्के छुड़ा दिये थे, वो आज खुद को बेहद परेशान महसूस कर रहा था। आज उसको एहसास हो रहा था कि वो भी एक इंसान है; एक छोटा सा असहाय इंसान।

देव की परेशानी भी ऐसी थी कि वो किसी से कह भी नहीं सकता था। उसकी छवि एक बहादुर अभिनेता की थी, और वो जिस समाज का आईना था, वहाँ अगर किसी को पता भी चलता कि वो एक भूतिया परेशानी का शिकार है और असामान्य घटनाओं से परेशान है, तो उसको कोई भी निर्माता अपनी फिल्मों में नहीं लेता और उसकी छवि खराब हो जाती। प्रादेशिक फिल्मों के अभिनेताओं को सर्वशक्तिमान समझा जाता है, और उसी से उनको काम और दाम मिलता है। देव बड़े असमंजस में था। वो जानता था कि उसकी पत्नी सच कह रही है, पर वो उसको यह नहीं जताना चाहता था कि वो भी घर में हो रही घटनाओं से डरा हुआ है। उसको जो भी करना था, बहुत सोच-समझकर करना था; कुछ ऐसा, जिससे उसकी छवि भी खराब न हो, लोगों को पता भी न चले और उसकी परेशानी का हल भी निकल आये।

'दुष्यंत।' देव के दिमाग में एक नाम कौंधा। ''मैं उसे कैसे भूल सकता हूँ?'' उसने अपने आप से कहा। 'हाँ, बस वही है जो मुझको इस परेशानी से निकाल सकता है।' देव ने लगभग भागकर टेलीफोन तक की दूरी तय की और लपककर संपर्क पुस्तिका निकाली। 'दुष्यंत...दुष्यंत...दुष्यंत...यह रहा...।' उसके चेहरे पर मुस्कान तैर गयी। ''बस उम्मीद ही कर सकता हूँ कि इतने सालों में उसका फोन नम्बर न बदल गया हो।'' काँपते हाथों से देव ने दुष्यंत का नंबर मिलाना शुरू किया।

* * *

वो किसी भी प्रकार की सोच से बाहर था। उसका दिमाग काम करना बंद कर चुका था। उसने पानी के गिलास पर नज़र डाली। वो आधा भरा था। उसने जग उठाकर उसको पूरा भरा और पास रखी नींद की गोलियों की शीशी को अपनी हथेली पर पलट लिया। उसकी हथेली गोलियों से भर गयी और कुछ गोलियाँ फर्श पर बिखर गयीं। उसने एक नज़र दीवार पर टँगी तस्वीर पर डाली, पर इस बार भी वो तस्वीर में बदलते भावों को पढ़ नहीं सका। उसके माँ-बाप उसे ऐसा अनर्थ करने से रोकना चाहते थे।

वो गोलियाँ मुँह में डालने ही वाला था कि फ़ोन घनघना उठा।

ट्रिन...ट्रिन... ट्रिन...ट्रिन

उसका हाथ हवा में ही रुक गया और उसने फ़ोन की तरफ नज़र डाली। काफी सोचने के बाद उसने फ़ोन तब उठाया, जब वो बस कटने ही वाला था।

'हेलो!' उसने धीमे से कहा।

''दुष्यंत! कैसे हो दोस्त?'' उधर से एक भारी आवाज़ गूँजी।

उसने अपने दिमाग पर जोर डाला, पर वो उस आवाज़ को पहचान न सका। 'कौन?' उसने अपने स्वर को संयत करते हुए पूछा।

''दुष्यंत...मैं देव कुमार बात कर रहा हूँ; मुझे कैसे भूल सकते हो!'' उधर से शिकायत भरे लहजे में आवाज़ आई।

''देव कुमार...देव...'' उसने अपने कुंद हो चुके दिमाग पर जोर डाला और उसे याद आते देर नहीं लगी। 'देव।' वो लगभग चिल्ला पड़ा। ''अरे...कैसे हो...आज इतने सालों बाद...'' वो थोड़ी देर के लिये भूल गया कि वो चंद लमहे पहले अपना जीवन समाप्त कर लेने वाला था।

''दुष्यंत...मेरे दोस्त! मुझे याद रखने के लिये धन्यवाद; हो सके तो मुझे माफ़ कर देना कि मैं इतने वर्षों तक संपर्क में न रह सका।'' देव ने ग्लानिपूर्ण स्वर में कहा।

''दोस्त, माफी माँगकर मित्रता को शर्मिन्दा मत करो; तुम ही

नहीं, इसके लिये तो मैं भी जिम्मेदार हूँ... मैं भी कौन सा संपर्क में रह सका।'' दुष्यंत ने गहरे स्वर में कहा।

''दुष्यंत, मुझे तुम्हारी मदद की अपेक्षा है; मैं इस समय बहुत कठिन समय से गुजर रहा हूँ, और मेरे पास तुम्हारे सिवा कोई आशा की किरण नहीं बची है।'' देव ने कष्टपूर्ण स्वर में कहा।

''ये शब्द और व्यवहार देव, तुम्हारे लिये असमान्य है; देव...मुझे विस्तार से बताओ।'' दुष्यंत ने व्याकुल स्वर में कहा और देव ने अपनी व्यथा को विस्तार से बताना शुरू किया।

लगभग आधे घंटे तक बिना टोके या कुछ पूछे, दुष्यंत अपने मित्र की व्यथा सुनता रहा। अपनी व्यथा सुनाकर देव ने गहरी साँस ली तो दुष्यंत ने कहा, ''मित्र, तुम्हारी कहानी तो बहुत व्यथित और विचलित करने वाली है, परन्तु इस भूत-प्रेत से संबन्धित मामले में मैं किस प्रकार मदद कर पाऊँगा?''

''दुष्यंत! तुमसे माहिर वास्तुशास्त्र को समझने वाला जानकार मेरी नज़र में नहीं है, और मेरा यह मानना है कि जो भी कुछ मेरे घर में हो रहा है उसमें वास्तु का बहुत बड़ा हाथ है। क्या मेरी मित्रता का मान रखने के लिये तुम एक बार मुझसे मिलने आ सकोगे?'' देव ने याचनापूर्ण स्वर में कहा।

''देव! याचना करके अपनी मित्रता को अपमानित न करो; मैं शीघ्र ही तुम्हारे पास पहुँच जाऊँगा।'' दुष्यंत ने देव से वादा किया और उनका संपर्क-विच्छेद हो गया।

फ़ोन कटने के बाद दुष्यंत ने अपनी बंद मुट्ठी पर नज़र डाली, जिसमें बंद नींद की गोलियाँ पसीज चुकी थीं। उसके बाएँ हाथ की छोटी उँगली आधी कटी हुई थी। दुष्यंत ने नींद की गोलियों को मेज पर रखा और अपने माता-पिता की तस्वीर पर एक बार फिर नज़र डाली। वो इस बार भी उनके बदले हुए भावों को पहचान नहीं सका। वे दोनों तस्वीर में मुस्करा रहे थे।

दुष्यंत ने अपना सामान बाँधा और स्टेशन की तरफ़ रवाना हो

गया। देहरादून को जाने वाली रेलगाड़ी में सवार होकर वो बस देव की और उसकी मित्रता के बारे में ही सोचता रहा; आत्महत्या का विचार उसके मन से दूर जा चुका था।

* * *

"चाय...चाय...कॉफी..." यह सारी आवाजें सुनकर उसकी नींद खुली। न जाने कब वो सो गया था। करीब एक घंटे सोने के बाद उसने अपने आपको तरोताजा महसूस किया। उसने अपने हाथ पर बँधी घड़ी पर नज़र ड़ाली। शाम के चार बज चुके थे और रेलगाड़ी देहरादून स्टेशन पहुँचने ही वाली थी।

दुष्यंत ने अपना सामान उठाया और दरवाजे के पास खड़ा हो गया। उसे हमेशा से ही ऐसा करने में बड़ा आनंद आता था, और उसके पिताजी हमेशा उसको इस आदत पर डाँटा करते थे। वो फिर से अपने माँ-बाप की यादों में खोने लगा था, पर उसने अपने आप को सँभाला और धीमी होती रेलगाड़ी पर ध्यान दिया। गाड़ी अब स्टेशन पर पहुँच चुकी थी और उसके पीछे यात्री जमा होने लगे थे। दुष्यंत ने गाड़ी से उतरते ही स्टेशन पर किसी सार्वजनिक टेलीफ़ोन को ढूँढ़ना शुरू किया, और जल्दी ही उसको एक सार्वजनिक संपर्क केंद्र नज़र भी आ गया। लम्बी कतार में इंतज़ार करने के बाद उसका नंबर आया और उसने अपने मित्र देव को, फ़ोन के माध्यम से, अपने पहुँचने की सूचना दे दी। देव उसको लेने स्टेशन आना चाहता था, परन्तु दुष्यंत ने उसको मना कर दिया। दुष्यंत व्यर्थ स्टेशन पर बैठकर इंतज़ार नहीं करना चाहता था।

देहरादून वो अपनी ज़िंदगी में दूसरी बार आ रहा था। इस यात्रा से पूर्व वो कई साल पहले आया था, जब उसके मित्र देव की शादी हुई थी और उस समय व्यस्तता के कारण वो कहीं भी घूम नहीं सका था। एक तरह से देहरादून उसके लिये अनजाना ही था। उसे सारे रास्ते नए लग रहे थे। वो तो बस उन हरियाली वादियों का लुत्फ़ ले रहा था। पतले-पतले लहरदार रास्तों पर रिक्शेवाला धीरे-धीरे रिक्शा चला रहा था और उसके सवार को भी कोई जल्दी नहीं थी।

'रहमान रोड' उसने एक बोर्ड पर लिखा देखा। ''भैया, इधर पास ही कहीं 'देव विला' होने चाहिए; मुझे वहीं जाना है।'' दुष्यंत ने रिक्शेवाले से कहा।

''फ़िल्म अभिनेता देव जी के यहाँ जाना है क्या?'' रिक्शेवाले ने पूछा।

''जी हाँ, वहीं जाना है।''

''लेकिन उनसे मिल पाना आसान नहीं होगा; वो किसी से मिलते नहीं हैं, बड़े नायक जो ठहरे।'' रिक्शेवाले ने कहा।

''वो मेरे मित्र हैं।'' दुष्यंत ने मुस्कराकर जवाब दिया।

''मित्र होते तो अपनी विदेशी गाड़ी न भेजते आपको लेने; काहे को रिक्शे में आने देते?'' रिक्शेवाले ने व्यंग्यपूर्ण लहजे में कहा। ''यहाँ आने वाले सभी देव जी को दोस्त या रिश्तेदार ही बताते हैं, और जब उनके दरबान लात मारकर भगा देते हैं, तब रोते हुए अपने गाँव वापस चले जाते है।''

''अरे भाई, तुमको क्या; मुझे लात पड़े या धक्का मिले, तुम्हें अपने पैसों से मतलब होना चाहिये... देव मेरे मित्र हों या दुश्मन तुमको क्या फर्क पड़ता है।'' दुष्यंत ने चिढ़कर कहा।

''लो बाबूजी, आप तो नाराज़ होने लगे, बात तो आप ने ही शुरू की थी।''

''हाँ बड़े भाई, गलती हो गई, माफ़ कर दो, और मुझे मेरे गंतव्य पर पहुँचा दो, बड़ी मेहरबानी होगी।'' दुष्यंत ने हार मानने में ही भलाई समझी।

''इसमें क्या एहसान है, आप मुफ्त में थोड़े ही सफ़र कर रहे हैं?'' रिक्शेवाला चुप बैठने वालों में से नहीं था।

दुष्यंत ने उसकी बात को अनसुना कर चुप बैठना ही बेहतर समझा।

कुल पंद्रह मिनट के सफ़र और रिक्शेवाले की चक-चक के बाद

दुष्यंत आखिरकार 'देव विला' के सामने खड़ा था।

''जाइए मिल लीजिये अपने मित्र से; हम यहीं इंतज़ार कर लेते हैं... हमें पता है, आप अभी दो मिनट में ही वापस चलेंगे।'' रिक्शेवाला हँसते हुए बोला।

''ठीक है भाई, कर लो इंतज़ार; इस बार खाली रिक्शा लेकर ही जाना पड़ेगा'', कहते हुए दुष्यंत ने रिक्शेवाले के किराये के पाँच रुपए उसके हाथ पर रख दिये और सामने नज़र आ रहे बँगले की ओर चल दिया।

'देव विला।' मुख्य शहर से बाहर एक छोटी पहाड़ी पर बना एक विशाल बँगला था। जैसे ही बाहर तैनात सुरक्षाकर्मी ने दुष्यंत को आते देखा, वो अपनी कुर्सी से उठकर खड़ा हो गया।

''देव साहब से मिलना है।'' दुष्यंत ने रोबीले अंदाज़ में कहा।

''आप कौन?''

''मेरा नाम दुष्यंत है, मैं उनका पुराना मित्र हूँ।'' दुष्यंत ने अपना परिचय दिया।

''सलाम साहब! साहब आपका अन्दर इंतज़ार कर रहे हैं।'' सुरक्षाकर्मी ने सलाम ठोककर जवाब दिया। ''कृपया अन्दर आइये।''

दुष्यंत ने पलटकर रिक्शेवाले को देखा, जो मुँह खोले ये दृश्य देख रहा था। दुष्यंत ने उसको एक मुस्कान दी... अलविदा की मुद्रा में हाथ हिलाया और पलटकर बँगले के अन्दर प्रविष्ट हो गया।

अन्दर के शानदार नज़ारे ने उसके होश उड़ा दिये। उसके सामने हरी घास का खासा बड़ा मैदान था, जिसमें स्वचालित फव्वारे पानी चला रहे थे। मैदान के किनारों पर क्यारियाँ बनीं थीं, जिनमें सुन्दर फूल खिले थे। मैदान के दोनों तरफ गोलाकार सड़क बनी थी, जो दोनों तरफ से बँगले के मुख्य दरवाज़े तक जाती थी। बँगले के दरवाजे पर दो मर्सिडीज गाड़ियाँ खड़ी थीं। दुष्यंत, बुत बना बँगले की सुन्दरता को निहारता रह गया।

''दुष्यंत...!'' अपना नाम सुनकर उसकी तन्द्रा टूटी। देव, बँगले

के दरवाजे पर खड़ा था और जैसे ही उनकी नज़रें मिलीं, वो लगभग दौड़ता हुआ आया और दुष्यंत के गले लग गया। दोनों मित्र कई सालों के बाद मिल रहे थे और यह मिलन कृष्ण-सुदामा के मिलन जैसा खूबसूरत था।

''कैसा है!'' दुष्यंत ने पूछा।

''चल, अन्दर बैठकर आराम से बातें करेंगे।'' देव ने उसका हाथ पकड़कर कहा। ''देवकी! साहब का सामान मेहमानखाने में पहुँचा दो।'' देव ने अपनी नौकरानी को कहा और दुष्यंत को लगभग खींचता हुआ घर के अन्दर ले गया।

''तू बैठ, मैं तेरी भाभी को बुला कर लाता हूँ।'' देव ने दुष्यंत को एक सोफे पर बैठने का इशारा किया और हॉल के कोने में बनी गोलाकार सीढ़ियाँ चढ़कर ऊपर चला गया।

दुष्यंत ने हॉल में नज़र दौड़ाई। हॉल के हर कोने में रईसी की झलक दिखाई दे रही थी। महँगे सोफे, फानूस, कारपेट और विदेशी सजावट के सामान से हॉल सजा हुआ था। उस विशाल हॉल में दुष्यंत ने खुद को काफी छोटा महसूस किया। कुछ ही सालों में उसका दोस्त कहाँ से कहाँ पहुँच गया था, और वो ज़िंदगी में कुछ भी नहीं पा सका था। उसने खुद को हीन भावना से घिरता महसूस किया। तभी उसकी नज़र हॉल के दक्षिणी कोने में एक स्टूल पर रखी क्रिस्टल निर्मित प्रतिमा पर पड़ी। सूर्य की एक किरण सीधी उस प्रतिमा पर गिर रही थी और प्रतिमा जगमगा रही थी। दुष्यंत खुद को रोक न सका और उठकर प्रतिमा के पास जाकर उसको निहारने लगा। वो प्रतिमा लगभग दस इंच लम्बी थी। वो एक स्त्री की प्रतिमा थी और एक नज़र देखने पर किसी कीमती सजावट के सामान से ज्यादा कुछ नहीं लगती थी। प्रतिमा इतनी सुन्दर और सजीव थी, कि उसको देखकर लगता था कि जैसे वो एक सजीव स्त्री को देखकर बनाई गयी हो।

''अति सुन्दर!'' दुष्यंत के मुँह से अनायास ही निकल पडा। वो उस प्रतिमा को देखकर अत्यंत प्रभावित था। प्रतिमा में एक सुन्दर स्त्री बैठी हुई मुद्रा में थी, और उसने एक हाथ में एक लोटा थामा हुआ था,

जिसमें से कुछ सिक्के निकलते दिखाए गए थे और उसके दूसरे हाथ में एक छोटी कटार थी। उसके मुख पर मुस्कान फैली थी। ''यह कुछ अजीब है; एक हाथ में लोटा, दूसरे में कटार और मुस्कराता हुआ चेहरा...। दुष्यंत ने सोचा। उसकी जिज्ञासु प्रवृत्ति उस पर हावी होने लगी थी।''

''दुष्यंत, क्या देख रहे हो? वो तो एक साधारण प्रतिमा है; मुझे मेरे एक चाहने वाले ने उपहार स्वरूप दी थी।'' देव दुष्यंत के पीछे आकर बोला।

''ओह! अरे मैं तो बस तुम्हारा इंतज़ार कर रहा था, और इस प्रतिमा की तरफ ध्यान चला गया। बहुत आकर्षक है यह।'' दुष्यंत ने पीछे मुड़कर जवाब दिया। उसकी नज़र देव के पीछे खड़ी स्त्री पर पड़ी, जिसने एक कीमती साड़ी पहनी हुई थी। ''नमस्कार कृष्णा भाभी जी!'' दुष्यंत ने हाथ जोड़कर अभिवादन किया।

''नमस्कार दुष्यंत जी, आपने मुझे पहचान लिया?'' देव की पत्नी ने मुस्कराकर कहा।

''जी हाँ, आपकी शादी में शामिल हुआ था; आप ज्यादा नहीं बदली हैं, लगता है देव आपका बहुत ख्याल रखता है।'' दुष्यंत ने मुस्कराते हुए कहा।

''जी, सही कहा आपने।'' कृष्णा ने हँसते हुए कहा। ''बैठिए न, आप खड़े क्यों हैं, इसको अपना ही घर समझिए।''

जल्दी ही वे घुलमिल गए और पुरानी मित्रता के दिन याद कर-करके हँसते रहे। कृष्णा भी उनमें शामिल हो गई थी; उसको अपने पति के शादी के पहले के किस्से सुनने में बड़ा आनंद आ रहा था। थोड़ी ही देर में देव की नौकरानी देवकी ने मेज़ पर नाश्ता सजा दिया।

''हाँ मित्र, अब विस्तार से बताओ किस्सा क्या है? तुम कब से इन भूत-प्रेत की बातों पर भरोसा करने लगे?'' दुष्यंत ने चाय की चुस्की लेकर कहा।

''दुष्यंत! मुझे इसी बात का डर था। मैं एक फिल्म अदाकार हूँ

और लोग मुझे एक सर्वशक्तिमान व्यक्ति मानते हैं। अगर यह बात बाहर किसी को पता भी चली तो मेरा भविष्य चौपट हो जाएगा; मेरे पास तुमको बुलाने की सिवा कोई चारा नहीं था। मुझे तुम पर भरोसा है और मुझे विश्वास है की तुम इस मुसीबत का कोई न कोई हल ज़रूर निकाल सकोगे।'' देव ने भावुक स्वर में कहा। ''भगवान् के लिए तुम तो इस बात का भरोसा करो कि हम लोग किसी भ्रम में नहीं हैं और यहाँ जरूर कुछ गड़बड़ है।''

''मुझ पर भरोसा करने के लिए धन्यवाद; परन्तु मैं एक वास्तुशास्त्री हूँ न कि कोई तांत्रिक; मैं तुम्हारी भूत-प्रेत की बाधा में क्या मदद कर सकूँगा?'' दुष्यंत ने पूछा।

''न जाने क्यों मुझे लगता है कि इस घर के वास्तु में कुछ दोष है, जिसकी वजह से ये सब हो रहा है; तुम बस प्रयत्न करो, मेरे लिए यही बहुत होगा... अगर उसके बाद भी कोई हल नहीं निकला तो कुछ और सोचेंगे।'' देव ने याचनापूर्ण स्वर में कहा।

''ठीक है, मैं अपनी तरफ से पूरा प्रयत्न करूँगा।'' दुष्यंत ने देव को भरोसा दिलाते हुए कहा। ''मुझे सारी बातें और घटनाएँ विस्तार से बताओ।''

''अभी आप आराम कीजिए, शाम भी घिर चुकी है, कल आराम से नाश्ते पर बातें करेंगे।'' कृष्णा ने सुझाव दिया।

''हाँ दुष्यंत! कृष्णा सही कह रही है; तुम भी थक गए होगे, अभी आराम करो, कल सुबह आराम से बातें करेंगे।'' देव ने अपनी पत्नी के समर्थन में कहा।

''ठीक है।'' दुष्यंत ने मुस्कराकर कहा।

* * *

दुष्यंत ने घड़ी पर नज़र डाली। रात का एक बजा था। नींद उसकी आँखों से कोसों दूर थी। कमरे में एक छोटा, जीरो वाट का बल्ब रोशन था, और उसके नीले प्रकाश से कमरे में पर्याप्त रोशनी थी। कमरा बेहतरीन और कीमती सामान से भरा हुआ था और उसमें जरूरत की

सभी चीज़ें मौजूद थीं। उस घर की हर एक चीज़ देव के धनाढ्य होने की गवाही दे रही थी। दुष्यंत अपने पर फ़ख्र महसूस कर रहा था कि फिल्मों का एक नामी अदाकार उसका मित्र है, और उससे भी बड़ी बात यह, कि वो उससे मदद चाहता है। आज बहुत दिनों के बाद उसे अपनी ज़िन्दगी अच्छी लग रही थी।

''अकेला रहने से बेहतर है कि देव से बात करके यहीं आस-पास कोई घर ले लूँगा; कम से कम एक मित्र तो होगा बात करने के लिए।'' दुष्यंत ने सोचा।

दुष्यंत सोने की पूरी कोशिश कर रहा था, पर नींद उसकी आँखों से जैसे रूठ गई थी। आखिर थककर वो बिस्तर से उठकर खिड़की पर आकर बाहर का नज़ारा देखने लगा। चाँद की रोशनी ज्यादा तो नहीं, बस काफी थी। खिड़की से वो एक खुला मैदान देख सकता था, और उस मैदान के बायीं तरफ एक छोटा सा मकान नज़र आ रहा था। दुष्यंत ने एक सिगरेट सुलगाकर गहरा कश लिया और आसमान को निहारा। आसमान पर चाँद और तारे अपनी छटा बिखेर रहे थे, पर आसमान का रंग उसे गुलाबी सा महसूस हुआ। जैसे ही उसने मैदान की तरफ नज़र घुमाई, उसे एक लड़की का साया नज़र आया। चाँद की मंद रोशनी में ज्यादा देख पाना तो मुमकिन नहीं था, पर लड़की के जिस्म पर पीले रंग का लिबास नज़र आ रहा था और दूर से वो जवान और खुबसूरत लग रही थी। उसके बाल खुले थे और उसके घूमने के अंदाज़ से लग रहा था कि वो सैर कर रही थी।

''शायद मेरी तरह इसको भी नींद नहीं आ रही है।'' दुष्यंत अपने आप से बोलकर मुस्कराया।

दुष्यंत एकटक उस लड़की को निहार रहा था और उसकी नज़रें उसके पीछे-पीछे चल रही थीं। लड़की ने मैदान का एक चक्कर लगाया और घूमकर उसी तरफ आने लगी, जहाँ दुष्यंत खिड़की पर खड़ा था। दुष्यंत लगातार उसको देख रहा था। खिड़की से थोड़ी दूरी पर वो लड़की रुकी और उसने खिड़की की तरफ देखा। अब दुष्यंत उसका चेहरा साफ-साफ़ देख सकता था। वो बेहद खूबसूरत थी।

उसकी दूधिया रंग की चमड़ी चाँद की रोशनी में चाँदनी से जैसे मुकाबला करती लग रही थी। उसके खुले बाल हवा में लहरा रहे थे और उसकी खूबसूरती को और निखार रहे थे। वो किसी भी फ़िल्मी अदाकारा से ज्यादा खूबसूरत लग रही थी। दुष्यंत को तो जैसे होश ही नहीं रहा।

वो लड़की दुष्यंत को देखकर अपने स्थान पर रुक गई थी। दुष्यंत को अपनी तरफ घूरते पाकर उसके चेहरे पर गुस्से के भाव नज़र आने लगे और दुष्यंत की तन्द्रा भंग करने के लिए उस लड़की ने दो बार जोर से ताली बजाई। दुष्यंत जैसे गहरी नींद से जागा।

''माफ़ कीजियेगा, इतनी रात में आपको घूमता देखकर मैं अचंभित हो गया था।'' दुष्यंत ने थोड़ी तेज़ आवाज़ में कहा, क्योंकि लड़की और उसके बीच काफी दूरी थी।

''क्यों, क्या यहाँ रात में लड़कियों का निकलना मना है?'' लड़की थोड़े गुस्से में लग रही थी।

''नहीं-नहीं…मेरा यह मतलब नहीं था… मैं यहाँ नया हूँ इसीलिए आपको जानता नहीं हूँ; आपको परेशान करने का मेरा कोई मकसद नहीं था, बस नींद नहीं आ रही थी तो खिड़की पर आकर खड़ा हो गया।'' दुष्यंत ने कहा।

लड़की मुस्कराई और बोली, ''आ जाइये फिर नीचे, साथ में थोड़ा टहल लेंगे; थक जायेंगे तो सोने में आसानी होगी।''

ये अप्रत्याशित था, परन्तु दुष्यंत को तो जैसे मन माँगी मुराद मिल गई। ''आप वहीं रुकिए, मैं अभी आता हूँ।'' दुष्यंत लगभग दौड़ पड़ा।

बँगले के बाहर जाते हुए, तैनात सुरक्षाकर्मी ने पूछा, ''साहब, इतनी रात में कहाँ जा रहे हैं? यहाँ रात में जंगली जानवरों का खतरा रहता है।''

''बस पास ही टहल रहा हूँ; नींद नहीं आ रही है, थोड़ी देर टहलकर वापस आ जाऊँगा, तुम मेरी चिंता न करो।'' दुष्यंत ने कहा और तेज़ी से बाहर निकलकर बंगले के पीछे की ओर चल पड़ा, जहाँ

उसने उस लड़की को देखा था।

लड़की जैसे उसका ही इंतज़ार कर रही थी।

‘‘नमस्ते! मेरा नाम दुष्यंत है, मैं देव का बहुत पुराना मित्र हूँ।’’ दुष्यंत ने अभिवादन करने के बाद अपना संक्षिप्त परिचय दिया।

लड़की मुस्कराते हुए दुष्यंत को निहारती रही।

‘‘बहुत ठंढ है आज।’’ दुष्यंत ने अपने बदन में कँपकँपी सी महसूस की। मौसम अचानक ठंढा हो गया था।

‘‘हाँ, रात में यहाँ ठंढ बढ़ जाती है, पहाड़ी इलाका है न।’’ लड़की ने मुस्कराकर कहा। ‘‘चलिए थोड़ा घूमते हैं।’’ लड़की सड़क की ओर बढ़ गई। दुष्यंत लगभग भागकर उसके साथ हो लिया।

‘‘आप यहीं पास के मकान में रहती हैं?’’ दुष्यंत ने बातचीत का सिलसिला शुरू किया।

‘‘हाँ, बस यहीं पास में।’’ लड़की ने कहा।

‘‘आपने अपना नाम नहीं बताया।’’ दुष्यंत ने मुस्कराते हुए कहा।

‘‘मेरा नाम? आप कुछ भी कह सकते हैं; खुशी, सफलता, कामयाबी, बरकत, नियामत...कुछ भी।’’, लड़की एक पल के लिए रुकी, दुष्यंत की आँखों में देखा और फिर चल पड़ी।

‘‘मैं कुछ समझा नहीं!’’, दुष्यंत लगातार उसके चेहरे की तरफ देख रहा था।

‘‘मुझसे मिलकर लोग खुश होते हैं और मुझे इन नामों से बुलाते हैं’’, लड़की ने मुस्कराते हुए कहा।

‘‘हाँ वो तो सच है; मैं भी आपसे मिलकर खुशी महसूस कर रहा हूँ, पर आपका असली नाम क्या है?’’ दुष्यंत ने पूछा।

‘‘आज पहली बार तो मिले हैं, इतनी जल्दी भी क्या है?‘‘

‘‘तो आप मुझसे रोज़ मिलना चाहेंगी?’’ दुष्यंत ठण्ढ में लगभग ठिठुर रहा था।

‘‘हाँ, हम रोज़ मिल सकते हैं...इसी समय।’’ लड़की मुस्करायी।

''आपको ठण्ढ नहीं लगती? मैं तो काँप रहा हूँ।'' दुष्यंत ने कहा।

''आप यहाँ नए हैं, शायद इसीलिए; मैं तो यहीं रहती हूँ इसलिए इस मौसम की आदत है।''

कुछ पल दोनों बिना बोले साथ चलते रहे।

''दुष्यंत! आप इतने उदास क्यों हैं?'' लड़की ने अचानक पूछा।

दुष्यंत इस अप्रत्याशित प्रश्न का उत्तर देने के लिए तैयार नहीं था। ''उदास...? नहीं...नहीं तो...मैं अपनी ज़िन्दगी में खुश हूँ।''

''मैंने आपको कहा था कि लोग मुझसे मिलकर खुश होते हैं, पर मैं जानती हूँ आप खुश नहीं हैं; आप मुझे बता सकते हैं, शायद आपको अच्छा महसूस हो।'' लड़की सधे क़दमों से चल रही थी।

दुष्यंत अपनी जगह पर ठहर गया और लड़की ने उसको पलट कर देखा। ''क्या हुआ?''

''कुछ नहीं, बस तुम्हारे आत्मविश्वास को देखकर थोड़ा अचंभित हो गया था; तुम इतने विश्वास से कैसे कह सकती हो कि मैं अपनी ज़िन्दगी में खुश नहीं हूँ?'' दुष्यंत फिर से लड़की के साथ चलने लगा।

''दुष्यंत, तुमको खुश रहना चाहिए; सब अपने हिस्से की ज़िन्दगी लेकर इस दुनिया में आते हैं और वक़्त पूरा होने पर उनको यहाँ से जाना ही होता है। तुम अपने माता पिता के जाने का गम न करो, ये तो होना ही था; बस खुश रहो और अपनी ज़िन्दगी को जियो।'' लड़की ने बिना उसकी तरफ देखे कहा।

दुष्यंत का बदन जैसे जड़ हो गया। उसने अविश्वास के भावों के साथ उस लड़की को देखा। अपने माता-पिता के देहांत की बात तो उसने देव को भी नहीं बताई थी, फिर ये लड़की इस बारे में कैसे जानती थी।

लड़की मंद गति से आगे चली जा रही थी। 'रुका!' दुष्यंत लगभग चिल्लाया। लड़की अपनी जगह रुक गई। दुष्यंत लपक कर उसके करीब पहुँचा।

''कौन हो तुम? मेरे बारे में इतना कैसे जानती हो?''

''मैंने बताया न, मेरे कई नाम हैं, तुमको जो बेहतर लगे चुन लो! अभी मुझे जाना चाहिए, कल मिलेंगे।'' कहकर लड़की पलटी और मैदान की तरफ चल पड़ी।

''मैं तुम्हारा इंतज़ार करूँगा।'' दुष्यंत ने चिल्लाकर कहा।

''मैं ज़रूर आऊँगी।'' लड़की ने बिना मुड़े हाथ हिलाया और तेज़ क़दमों से चलती रही।

दुष्यंत उसे जाते हुए देखता रहा और शीघ्र ही वो लड़की उसकी आँखों से ओझल हो गयी।

दुष्यंत थके क़दमों से अपने कमरे में वापस आ गया। उसे नींद की सख्त ज़रूरत महसूस हो रही थी।

* * *

''सुप्रभात मित्र!'' देव ने दुष्यंत के कमरे के दरवाजे पर दस्तक दी

''दरवाजा खुला है मित्र, अन्दर आ जाओ'', दुष्यंत ने अलसाए स्वर में कहा।

''चलो उठ जाओ, मैं चाय लेकर आया हूँ।'' देव ने बिस्तर के पास पड़ी कुर्सी पर बैठते हुए कहा।

देव ने प्यालियों में चाय बनाकर दी और दुष्यंत ने मुस्कराकर अपने मित्र को निहारा। इतने सालों में, इतना बड़ा आदमी बन जाने के बाद भी उसके व्यवहार में ज़रा भी परिवर्तन नहीं आया था।

''लो मित्र, चाय पियो!'' देव ने दुष्यंत की ओर प्याली बढ़ाते हुए कहा।

''रात काफी देर से नींद आई, पर मुझे यह इलाका काफी पसंद आया।'' दुष्यंत ने चाय की चुस्की लेते हुए कहा।

''अगर इतना पसंद आया तो यहीं रह जा।'' देव ने प्रेम से कहा।

''देखते हैं; पहले तेरी इस परेशानी का हल निकालते हैं।'' दुष्यंत ने कहा।

‘‘मुझे भी यह इलाका बहुत पसंद है... आस-पास काफी खाली ज़मीन पड़ी है और बिकाऊ जगह मिल ही जाएगी।’’ देव ने सलाह दी।

‘‘हाँ, तेरे बंगले के पीछे भी तो काफी खाली जगह पड़ी है, साथ में एक छोटा सा घर भी है; रात में जब नींद नहीं आ रही थी तो मैं थोड़ी देर खिड़की पर खड़ा था, तभी देखा... ऐसा ही एक छोटा सा घर काफी होगा मेरे लिए।’’ दुष्यंत ने जानबूझकर उस अनजान लड़की से मिलने की बात छुपाकर कहा।

‘‘खाली जगह? घर? मेरे बंगले के पीछे? नहीं, तुझे कुछ ग़लतफहमी हो रही है; शायद रात के अँधेरे में ठीक से दिखाई नहीं दिया होगा।’’ देव ने हँसकर कहा।

‘‘फिर क्या है वहां?’’

‘‘खुद ही देख ले।’’ कह कर देव खिड़की की तरफ बढ़ गया। दुष्यंत भी लपक कर खिड़की पर पहुँचा।

जैसे ही दुष्यंत ने खिड़की के बाहर नज़र दौड़ाई, उसकी तो जैसे साँस ही रुक गई। जिसे उसने खाली जगह समझा था, वह एक मुसलमानों का कब्रिस्तान था। रात के अँधेरे में उसे कब्रें नज़र नहीं आयीं थीं, और उसे वो एक खाली मैदान नज़र आया था। कब्रिस्तान से सटकर एक छोटा सा घर बना था।

‘‘ओह! मैं जिसे खाली मैदान समझा था, वह एक कब्रिस्तान है; और...और वो घर किसका है?’’ दुष्यंत ने संयत स्वर में पूछा।

‘‘वो मकान कब्रिस्तान की देख-रेख करने वाले का है।’’ देव ने कहा और वापस अपनी कुर्सी पर आकर बैठ गया।

‘‘चिंता न करो मित्र; जब भी यहाँ रहने का मन बना लो, बता देना; आस पास के ही इलाके में मैं किसी अच्छी जगह का इंतज़ाम करा दूँगा।’’ देव ने कहा।

‘‘शुक्रिया मित्र!’’ दुष्यंत के दिमाग में जैसे ज्वारभाटा उफन रहा था।

* * *

सुहाना मौसम था, और ठंडी हवा ताजगी का एहसास करा रही थी। मखमली घास की चादर से लॉन की खूबसूरती कई गुना बढ़ गई थी। सुबह के तक़रीबन ग्यारह बजे थे और दुष्यंत, देव और उसकी पत्नी के साथ उनके खूबसूरत बँगले के लॉन में रखी बाँस की कुर्सी पर बैठा था।

"भाभी, अब आप मुझे सारी बातें विस्तार से बताओ!", दुष्यंत ने देव की पत्नी कृष्णा से कहा।

"मैं शुरू करता हूँ।", देव ने कहा और अपनी पत्नी की तरफ देखा। उसने सहमति में सर हिलाया।

"जब मैंने यह बँगला ख़रीदा था, तब मैं बहुत कामयाब सितारा नहीं था; मेरी कुछ फिल्में आयी थीं पर कोई बड़ी सफलता नहीं मिली थी, पर जब से इस बँगले में रहने आया, तब से मेरी किस्मत खुल गई। मेरी एक के बाद एक फ़िल्में सफल होने लगीं और मैं सुपरस्टार कहा जाने लगा। सब कुछ ठीक चल रहा था, पर पिछले एक साल से यहाँ कुछ अजीब हो रहा है, जो बताना मुश्किल है और समझना या समझाना उससे भी ज्यादा कठिन।" देव ने कहा।

"कितने साल हो गए तुमको इस बँगले में आये हुए?" दुष्यंत ने पूछा।

"करीब दस साल।"

"इसका मतलब नौ साल तक सब ठीक चल रहा था?"

'हाँ।' देव ने कहा।

"इसका मतलब इस बँगले में कोई वास्तु दोष नहीं है; कम से कम इतना अधिक तो नहीं, जो किसी असामान्य घटना की वजह बने। तुम लोग नौ साल तक जिस जगह रहे और वो जगह तुम्हारे लिए शुभ भी रही, वहाँ वास्तु दोष नहीं हो सकता; तुम्हारे घर में जो भी हो रहा है, उसकी वजह कुछ और ही होगी। मुझे विस्तार से बताओ कि पिछले एक साल में क्या-क्या हुआ है।" दुष्यंत ने गहरी साँस छोड़ते हुए कहा।

''एक रात मैं देर से घर लौटा। ड्राइवर छुट्टी पर था। मैं खुद ही गाड़ी चला रहा था। मैं घर से थोड़ी ही दूर था कि अचानक गाड़ी बंद हो गई। मैं गाड़ी वहीं छोड़कर पैदल ही घर की तरफ चल दिया। चारों और सन्नाटा छाया था और रोशनी के नाम पर बस चाँदनी का सहारा था। मुझे कुछ घबराहट महसूस हो रही थी, और मैंने चलते-चलते एक सिगरेट सुलगा ली। जब मैंने चलना शुरू किया था, तब मौसम सुहाना था, पर अचानक ठण्ड बढ़ गई थी और मैं काँपने लगा, जो अगस्त के मौसम में एक असामान्य बात थी, पर मैंने सोचा, हो सकता है रात की वजह से मुझे ठण्ड लग रही है। मैं घर के काफी करीब आ चुका था और अगले मोड़ के बाद ही मेरा बँगला था। जैसे ही मैं मोड़ के पास पहुँचा, मेरी नज़र सड़क के किनारे, मील के पत्थर पर बैठी एक औरत पर पड़ी। वो ऐसे बैठी थी मानों किसी का इंतज़ार कर रही हो। उसने काला लबादा सा कुछ ओढ़ा हुआ था। उसके आधे बाल सफ़ेद थे और काफी लम्बे थे। वो एक उम्रदराज औरत लग रही थी। मैं अँधेरे में उसका चेहरा नहीं देख सका। मैंने उसको अनदेखा किया और आगे बढ़ गया। मुझे अपने दिल में भावनाओं का तूफान उमड़ता हुआ महसूस हुआ और मानवता के नाते मैंने उससे पूछा। ''माँ जी, कोई परेशानी तो नहीं है न?'' उसने मुँह ऊपर उठाया और उसका चेहरा देखकर मैं जड़ रह गया। वो बहुत कमज़ोर अवस्था में थी और उसके चेहरे की हड्डियाँ उभरकर नज़र आ रहीं थीं। ठण्ड अचानक से बढ़ गई थी।

''परेशानी तो है... बहुत भूखी हूँ, प्यास भी लगी है।'' उस बूढ़ी औरत ने काँपते हुए कहा। उसकी आवाज़ मानो हवा के ऊपर तैर रही थी; बहुत अजीब, बहुत सर्द। मुझे लगा, शायद कमजोरी की वजह से वो ठीक से बोल नहीं पा रही थी।

''आप अकेली हो? आपके साथ कोई है क्या?'' मैंने चारों तरफ निगाह दौड़ाई। बस मैं, वो औरत, सर्दी और सन्नाटा था।

''अकेली थी, अकेली ही हूँ।'' उसने कहा।

मुझे डर भी लग रहा था और उस बेचारी अकेली औरत की

हालत पर तरस भी आ रहा था। ''चलो आप मेरे घर चलो; वहाँ आपको खाना-पानी और सोने की जगह भी मिल जाएगी।'' मैंने न चाहते हुए भी इंसानियत के नाते कहा।

''वहीं से आ रही हूँ; वहाँ कोई नहीं था मुझे खिलाने-पिलाने वाला।'' उस औरत ने खोखली सी आवाज़ में कहा। ''वादा तोड़ा गया है, मैं बदला लूँगी! मैं बदला लूँगी!'' वो चिल्लाई।

''क्या कहा? मेरे घर से आ रही हो? यह असंभव है; मेरे सुरक्षाकर्मियों ने आपको अन्दर ही नहीं जाने दिया होगा, आप ज़रूर कहीं और गयी होंगी।'' मैंने कहा।

''मैं बदला लूँगी! मैं बदला लूँगी!'' वो बुदबुदाई।

''जिंदा रहोगी तो बदला लोगी न!'' मैंने झुँझलाकर कहा और अपने घर जाने के लिए मुड़कर चल दिया। सड़क के किनारे पहुँचकर, गली में मुड़ने से पहले मैंने एक बार मुड़कर देखा, वो औरत वहाँ नहीं थी। मैंने ध्यान से मील के पत्थर को देखा, पर अब वहाँ कोई नहीं था। मुझे अब ठण्ड भी नहीं लग रही थी।

''तुम्हें क्या लगता है, वो क्या बला थी?'' दुष्यंत ने पूछा।

''पता नहीं मित्र, पर इतना मैं दावे के साथ कह सकता हूँ कि वो कोई भ्रम नहीं था; मुझे आज भी उस रात की सारी बातें याद हैं!'' देव ने कहा।

''मैं तुम पर पूरा भरोसा रखता हूँ; अन्य घटनाओं के बारे में बताओ!'' दुष्यंत ने देव के हाथ पर हाथ रखकर कहा।

''एक दिन कृष्णा, रात में पानी पीने के लिए उठी थी। हमारे शयनकक्ष से रसोई तक जाने के लिए नीचे आना पड़ता है। जैसे ही वो नीचे पहुँची और बत्ती जलाने के लिए बटन दबाया, एक तेज़ चीखने की आवाज़ से वो चौंक उठी। चीखने की आवाज बाहर से आयी थी। कृष्णा दौड़कर खिड़की पर पहुँची और देखा कि हमारी नौकरानी देवकी, लॉन के बीचोंबीच खड़ी थी और दो सुरक्षाकर्मी उसको सँभालने की कोशिश कर रहे थे। कृष्णा बाहर गयी और तेज़ी से उनके

पास पहुँची। लॉन के बीच में एक खरगोश मरा पड़ा था। उसके शरीर को किसी जानवर ने बुरी तरह से चीर-फाड़ डाला था। उसके शरीर के अंग इधर-उधर बिखरे पड़े थे, परन्तु हैरानी की बात यह थी कि वहाँ पर खून का कोई निशान तक नज़र नहीं आ रहा था। ऐसा प्रतीत होता था कि उसके शरीर में खून नाम की चीज ही नहीं थी।'' देव ने विस्तार से बताया।

''देवकी आधी रात में बाहर क्या कर रही थी?'' दुष्यंत ने शक भरे स्वर में पूछा।

''यह उसका रोज़ का नियम है; रात में दो बार उसको सुरक्षाकर्मियों को चाय बनाकर पहुँचानी होती है'', कृष्णा ने उत्तर दिया।

''यह थोड़ा अजीब लगता है, परन्तु यह भी तो संभव है कि उस मरे हुए खरगोश के शरीर को किसी शरारती तत्त्व ने तुम लोगों को परेशान करने के उद्देश्य से बंगले के अन्दर फ़ेंक दिया हो।'' दुष्यंत ने अपनी शंका जाहिर की।

कृष्णा और देव ने कुछ नहीं कहा।

''सच कहूँ मित्र, तो अभी तक तुम्हारी बातें सुनकर मुझे डरने या परेशान होने वाली कोई बात नज़र नहीं आई। मैं मानता हूँ कि यह घटनाएँ थोड़ी अस्वाभाविक और मानसिक परेशानी देने वाली हैं, और तुम लोगों का परेशान होना स्वाभाविक है; परन्तु इतना अधिक नहीं। मुझे लगता है तुम लोगों के पास मुझे बताने के लिए काफी कुछ बचा है।'' दुष्यंत ने अपना माथा खुजाते हुए कहा।

''हाँ, यह तो बस शुरूआत भर है।'' देव ने मुस्कराने की नाकाम कोशिश की।

'मालकिन!' नौकरानी के चिल्लाने की आवाज़ ने उन लोगों को चौंका दिया। 'मालकिन!' देवकी की आवाज़ दोबारा गूँजी।

तीनों लगभग भागते हुए घर के अन्दर दाखिल हुए। देवकी, कृष्णा और देव के शयनकक्ष में थी। वो बदहवास सी दीवार की तरफ

ताक रही थी।

''क्या हुआ?'' कृष्णा ने देवकी की नज़रों का पीछा करते हुए दीवार की तरफ देखा।

''दुष्यंत और देव ने भी दीवार पर नज़रें दौड़ाईं। ध्यान से देखने पर उनको दीवार पर हाथ के निशान नज़र आये, जो फर्श से शुरू होकर छत तक गए थे।

''यह क्या है?'' दुष्यंत ने निशानों को करीब से देखा। ''इसमें इतना जोर से चिल्लाने वाली तो कोई बात नहीं लगती।'' दुष्यंत ने देवकी की तरफ देखकर कहा।

''साहब जब मैंने देखा तो यह निशान लाल थे, और देखते ही देखते काले पड़ गए।'' देवकी ने काँपते हुए कहा।

''कोई बात नहीं! डरने की कोई ज़रूरत नहीं है; तुम जाकर रसोई का काम निपटा लो।'' कृष्णा ने देवकी को बाहर जाने का इशारा किया और देवकी काँपते क़दमों से बाहर चली गई।

''अजीब है।'' दुष्यंत ने दीवार से गायब होते हुए निशानों को देखते हुए कहा। दीवारों पर नज़र आ रहे निशान धीरे-धीरे गायब हो रहे थे।

देव और कृष्णा के चेहरे पर हवाइयाँ उड़ रही थीं।

''चलो बाहर चलकर बात करते हैं।'' दुष्यंत ने कहा और वे तीनों लॉन में आकर बैठ गए।

''अभी भी तुमको किसी सबूत की जरूरत है?'' देव ने दुष्यंत की आँखों में झाँकते हुए कहा।

''देव, मैं तुम्हारी मानसिक स्थिति समझ सकता हूँ, परन्तु मैं अभी किसी नतीजे पर नहीं पहुँचना चाहता; मुझे कहना नहीं चाहिए पर मुझे तुम्हारी नौकरानी देवकी पर शक हो रहा है... कहीं वो तो तुम लोगों को डराने के लिए तो कुछ नहीं कर रही है? अभी कुछ भी कहना जल्दबाजी होगी; मुझे अन्य घटनाओं के बारे में बताओ।'' दुष्यंत ने अपना मत रखते हुए कहा।

''शक? देवकी पर? वो पाँच सालों से हमारे साथ है, उस पर शक करना मुझे किसी लिहाज से समझ नहीं आ रहा।'' कृष्णा दुष्यंत की बात से असहमत थी।

''मैं यही कह रहा हूँ भाभी जी, अभी किसी भी फैसले पर पहुँचना जल्दबाजी होगी।'' दुष्यंत ने समझाते हुए कहा।

* * *

''ठीक है, मैं तुमको बाकी की घटनाओं के बारे में बताता हूँ। एक दिन अपनी फिल्म की शूटिंग ख़त्म करके मैं वापस आ रहा था। ठण्ड का मौसम था, और घना कोहरा छाया था। रास्ते में ठीक उसी जगह, मील के पत्थर पर मैंने उसी बूढ़ी औरत को बैठे देखा। वो बूढ़ी औरत ज़ोर-ज़ोर से रो रही थी। मैंने न चाहते हुए भी गाड़ी रोक दी।

''अम्मा, यहाँ वीराने में क्यों बैठी रहती हो? रात होने वाली है और ठण्ढ भी बढ़ रही है; कोई परेशानी है तो बताओ, मैं तुम्हारी मदद करूँगा।''

जवाब देने की जगह वो और जोर-जोर से रोने लगी।

''तुम्हारा घर कहाँ है? चलो मैं आपको छोड़ दूंगा।'' मैंने कहा, परन्तु उसने कोई जवाब नहीं दिया।

''चलो आज मेरे घर पर रात गुज़ार लो, सुबह मैं तुमको सही सलामत तुम्हारे घर छोड़ दूँगा।'' यह सुनकर उसने कुछ नहीं कहा और चुपचाप गाड़ी की पीछे वाली सीट पर बैठ गई। उसने वही काला लबादा ओढ़ा हुआ था, और मुँह पर बिखरे बालों की वजह से उसका चेहरा दिखाई नहीं दे रहा था।

घर पहुँचकर मैंने कृष्णा को सारी बात बताई और बताया कि रात को वो वहीं रुकेगी और सुबह होते ही मैं उसको उसके घर छोड़ दूँगा, पर कृष्णा को संदेह हो रहा था कि वो कहीं कोई चोर न हो और रात को कुछ चुराने की कोशिश न करे, पर मैंने उसकी बातों पर कोई ध्यान नहीं दिया।

''माता जी, खाना तैयार है; हाथ मुँह धोकर खा लीजिये!'' कृष्णा

ने कहा।

"मेरे हाथ साफ़ हैं; खाने में क्या बनाया है?" बूढ़ी औरत ने हवा में तैरती हुई आवाज़ में कहा।

"सरसों का साग, बाजरे की रोटी और मिर्च की चटनी।" कृष्णा ने बताया।

"मुझे यह नहीं खाना; कुछ मांसाहारी नहीं है क्या?" बूढ़ी औरत ने अपने बाल अपने मुँह से हटाते हुए कहा। उसकी शक्ल काफी डरावनी थी। काफी कमज़ोर नज़र आने के बाद भी उसकी आवाज़ में काफी दम था।

"मांसाहारी?" कृष्णा थोड़ा चिढ़कर बोली। "घर में मछली है, पर उसको पकाने में समय लगेगा।"

"पकाने की कोई ज़रूरत नहीं है, मैं ऐसे ही खा लूँगी।" बूढ़ी औरत ने अपनी जुबान अपने होंठों पर फिराते हुए कहा। उसकी जुबान का रंग हल्का काला था।

"कैसे-कैसे लोगों को पकड़कर ले आते हो; अभी उसको कच्ची मछली खानी है, देखती हूँ कैसे खाती है।" कहते हुए कृष्णा अन्दर गई और कच्ची मछलियों को एक छोटी सी टोकरी में रखकर ले आई।

मैं बेवकूफों की तरह बैठा यह सब तमाशा देख रहा था।

बूढ़ी औरत ने लगभग लपककर मछलियों से भरी टोकरी कृष्णा के हाथों से झपट ली और एक मछली को उठाकर कच्चा ही खाना शुरू कर दिया। मुझे और कृष्णा को तो जैसे अपनी आँखों पर भरोसा ही नहीं हो रहा था। कृष्णा, आँखें फाड़े वो वाहियात नज़ारा देख रही थी। बूढ़ी औरत को जैसे कोई होश ही नहीं था, और उसके हाथ मछली के खून से लाल हो गए थे। उसके होंठों के बीच से मछली के मांस के छोटे-छोटे टुकड़े नीचे गिर रहे थे। हद तो तब हुई जब उसने एक कच्ची मछली ख़त्म करके टोकरी में से दूसरी मछली नहीं उठाई, बल्कि ज़मीन पर झुक कर नीचे गिरे मछली के मांस के छोटे-छोटे टुकड़ों को कुत्तों की तरह जीभ से चाटकर खाना शुरू कर दिया। वो

नज़ारा हमारे लिए बर्दाश्त कर पाना मुश्किल था, और कृष्णा उबकाई लेती हुई स्नानघर की और भागी। मैं उसको सहारा देने के लिए उसके पीछे गया। कृष्णा ने अन्दर पहुँचते ही उल्टी करना शुरू कर दिया और उसकी हालत पस्त नज़र आ रही थी।

''मैं ठीक हूँ; जाओ जाकर उस बूढी को देखो, कहीं कुछ चुरा कर भाग न जाए।'' कृष्णा ने मुझसे कहा।

मैं लपक कर कमरे में वापस आया, परन्तु उस बूढ़ी औरत का कहीं अता-पता नहीं था। वो जा चुकी थी। मछली की टोकरी मेज पर से गायब थी।

''घर का कुछ और सामान चोरी हुआ?'' दुष्यंत ने देव के चुप होने के बाद पूछा।

''नहीं, बस मछली से भरी टोकरी।'' कृष्णा ने जवाब दिया।

''साहब आपका फ़ोन आया है!'' अन्दर से देवकी ने आवाज़ लगाई।

''तुम दोनों बातें करो, मैं अभी आया।'' कहकर देव अन्दर चला गया।

''भाभी जी! अभी तक मैंने जो सुना, सब देव ने सुनाया; क्या आपको भी कुछ अजीब अनुभव हुए हैं?'' दुष्यंत ने कृष्णा से पूछा।

''हाँ भैया, यहाँ तो रहने में भी डर लगने लगा है; कितनी बार इनसे कहा है कि यह घर छोड़कर कहीं और रहने चलते हैं। भगवान की दया से पैसे की भी कोई कमी नहीं है, परन्तु यह कहते हैं कि हमारे पास जो कुछ है वो इस घर की वजह से है... और, इनको लगता है कि अगर यह घर छोड़कर कहीं और रहने गए तो इनका भविष्य खराब हो जायेगा और इनकी फिल्में इतना अच्छा कारोबार नहीं करेंगीं और इनको काम मिलना बंद हो जाएगा।'' कृष्णा बुझे स्वर में बोली।

''यह तो अजीब है; देव इतना अन्धविश्वासी कब से हो गया?'' दुष्यंत को यह सुनकर अजीब लगा था।

''जबसे हम इस घर में रहने आये हैं, तब से ही इनके व्यवहार में

यह परिवर्तन आया है।'' कृष्णा ने कहा।

''इसका मतलब पिछले दस सालों से देव ऐसा ही है?'' दुष्यंत ने पूछा।

'हाँ।' कृष्णा ने संक्षिप्त सा जवाब दिया।

''आप बुरा न मानें तो हमें ज्यादा देर अकेले में बात नहीं करनी चाहिए।'' कृष्णा ने सकुचाते हुए कहा।

''मतलब? मैं समझा नहीं।'' दुष्यंत असमंजस में था।

''मतलब...देव हमारे और आपके ऊपर शक करेंगे।'' कृष्णा की नज़रें नीची थीं।

'क्या!' दुष्यंत कृष्णा का जवाब सुनकर चौंक गया।

''मैं आपसे इस बारे में बाद में बात करूँगी; आप कृपया देव से इस बारे में कुछ नहीं कहिएगा।'' कहकर कृष्णा खाली प्याले उठाकर अन्दर चली गई।

ठीक उसी समय देव बाहर आया।

''मेरे एक फिल्म निर्माता का फ़ोन था; किसी नयी फिल्म के सिलसिले में बात करना चाहता है, मुझे उसी से मिलने जाना है। तू अभी आराम कर, मैं बस दो तीन घंटे में वापस आता हूँ।'' देव ने गाड़ी की चाभी से खेलते हुए कहा।

''कोई परेशानी नहीं है मित्र; आराम से अपना काम निपटाकर आओ, मैं तब तक अपने कमरे में आराम करता हूँ।'' दुष्यंत ने मुस्कराकर कहा।

देव ने गाड़ी चालू की और कुछ ही पलों में तेज़ गति से बँगले के बाहर निकल गया।

''भाभी जी! मैं जानना चाहता हूँ कि आप लोगों की ज़िन्दगी में क्या चल रहा है; अभी देव बाहर गया है और हम बात कर सकते हैं।'' दुष्यंत ने कहा। कृष्णा रसोईघर में थी, और उसने दुष्यंत की आवाज़ सुनकर, चौंकते हुए, पलट कर देखा।

‘‘आप अपने कमरे में चलिए, मैं थोड़ी देर में वहीं आकर आपसे बात करती हूँ; मैं नहीं चाहती कि देवकी हमारी बातें सुने।’’ कृष्णा ने सपाट स्वर में कहा।

* * *

दुष्यंत मेहमानखाने में वापस आ गया और एक सिगरेट सुलगाकर कृष्णा का इंतज़ार करने लगा। वो खिड़की के पास खड़ा था, और कब्रिस्तान को निहारते हुए पिछली रात की बातें याद कर रहा था, जब एक अनजान हसीना के साथ उसने कुछ समय बिताया था। उसने कब्रिस्तान के पास बने घर की तरफ इस उम्मीद से देखा कि शायद वो लड़की नज़र आ जाये, पर वहाँ कोई नहीं था। सड़क सुनसान थी और कब्रिस्तान में शान्ति छाई थी। चारों ओर बस सन्नाटा छाया था।

‘‘क्या देख रहे हैं?’’ कृष्णा की आवाज़ से दुष्यंत की तन्द्रा टूटी। वो कब उसके पीछे आकर खड़ी हो गई थी, उसको पता ही नहीं चला।

‘‘कुछ...कुछ नहीं, बस यह कब्रिस्तान देखकर सोच रहा था कि सबकी मंजिल तो बस यही है; एक दिन जला दिए जायेंगे या दबा दिए जायेंगे, फिर भी सबको लगता है कि यह दुनिया ही सब कुछ है; अचानक से लगा कि सच्चाई तो कुछ और है... मौत के बाद जो होगा, वही तो देखने वाली चीज़ होगी।’’ दुष्यंत ने कुर्सी पर बैठते हुए कहा। कृष्णा भी उसके सामने वाली कुर्सी पर बैठ चुकी थी।

‘‘आप तो बहुत खतरनाक बातें करते हैं।’’ कृष्णा ने मुस्कराकर कहा।

‘‘बस ऐसे ही; शायद और कुछ बचा ही नहीं हैं ज़िन्दगी में, इसलिए...’’ दुष्यंत ने अपना वाक्य अधूरा छोड़ दिया।

‘‘आप कुछ परेशान लगते हैं?’’ कृष्णा ने पूछा।

‘‘परेशान तो सभी हैं, पर इस समय आपकी परेशानी मेरी परेशानी से बहुत बड़ी है; बताइए क्या चल रहा है आप लोगों की ज़िन्दगी में? आप लोग ज़रूर मुझसे कुछ छुपा रहे हैं। तकलीफ इस बात की ज्यादा है कि मेरा परम मित्र मुझसे बातें छुपा रहा है। पिछले

दस सालों से वो मेरे सम्पर्क में भी नहीं रहा; मैं भी अपनी उलझनों में ऐसा गिरा कि देव से मिलने की सुध नहीं रही, पर अब जब मुझे किसी भरोसे से यहाँ बुलाया गया है तो आप मेरी मदद करिए; मैं जानना चाहता हूँ वो सब कुछ जो मुझे आप लोगों को मदद करने में मेरे काम आये।'' दुष्यंत ने एक साँस में कहा।

''भैया जी, यहाँ बहुत कुछ गड़बड़ है; काफी कुछ तो मैं भी नहीं जानती, बस जो कुछ मुझे पता है वो सब आपको बता सकती हूँ... आप हमारी मदद कर पाए तो इसे मैं एक करिश्मा ही मानूँगी।'' कृष्णा ने भारी आवाज़ में कहा।

''शुरू से बताइए; शायद मुझे कड़ियाँ जोड़ने में मदद मिलेगी।'' दुष्यंत ने भरोसा दिलाते हुए कहा।

''मैं देव को शादी के पहले से जानती हूँ; तब देव का कोई बड़ा नाम नहीं था। देव, काम चलाने लायक फिल्मों में छोटे-मोटे रोले निभाकर कमा लेते थे, परन्तु वो खुश नहीं थे। दिन रात निराशा भरी बातें किया करते थे और कहते थे कि एक न एक दिन वो एक बहुत बड़े और अमीर आदमी बनेंगे; मुझे उन पर भरोसा भी था।'' कृष्णा साँस लेने के लिए रुकी। दुष्यंत ध्यान से उसको सुन रहा था।

''आज से दस साल पहले हमारी शादी हुई थी। शादी से कुछ दिन पहले उनके पिता की मौत हो गई और गाँव की ज़मीन बेच कर उन्होंने यह बँगला खरीद लिया। शादी के एक हफ्ते पहले ही एक दिन देव अपने साथ एक वास्तुशास्त्री को लेकर आये। उसने बँगले का मुआयना किया और देव से बँगले में कुछ परिवर्तन करने को कहा। करीब एक महीने तक बँगले में काम चला और थोड़ी बहुत तोड़-फोड़ करने के बाद उस वास्तुशास्त्री के बताये परिवर्तनों के हिसाब से बँगले को बनाया गया। यह सारी बातें मेरी समझ से परे थीं, और मुझे लग रहा था कि वो सब पैसे की बर्बादी भर थी। हद तो तब हुई जब मुझे बताया गया कि वो वास्तुशास्त्री हमारे साथ ही रहने वाला है। बँगले के पीछे बना कमरा उसको रहने के लिए दे दिया गया और उसके कमरे में जाने की इजाज़त बस देव को थी।

चमत्कारी रूप से देव को नायक के तौर पर एक फिल्म मिली और उस फिल्म ने रिकॉर्ड कारोबार किया। रातों-रात जैसे सफलता दरवाज़े पर दस्तक देने लगी और पैसों की बरसात होने लगी। हमारी ज़िन्दगी एक झटके में बदल गई।'' कृष्णा ने दुष्यंत को देखते हुए कहा।

''क्या इसीलिए मुझे बुलाया गया है? मैं भी एक वास्तुशास्त्री रह चुका हूँ...।'' दुष्यंत को अभी कुछ-कुछ बातों के तार जुड़ते नज़र आ रहे थे।

''पता नहीं।'' कृष्णा ने कहा।

''वो वास्तुशास्त्री कहाँ है? क्या मैं उससे मिल सकता हूँ?'' दुष्यंत ने पूछा।

''करीब पाँच महीने पहले वो वास्तुशास्त्री अचानक से गायब हो गया। वो काफी बूढ़ा था; मुझे देव ने बताया कि वो तीर्थयात्रा जाने को कहकर गया था पर कभी वापस नहीं आया।'' कृष्णा ने जवाब दिया।

''क्या मैं उसका कमरा देख सकता हूँ?'' दुष्यंत ने पूछा।

''नहीं; जब वो गया था, तब कमरे को ताला लगाकर गया था, तब से वो कमरा खोला नहीं गया है। एक बार मैंने देव से कहा भी था की उस कमरे की सफाई करवा देते हैं, परन्तु उन्होंने मुझे झिड़क दिया और चेतावनी दी कि मैं कभी भी ऐसी गलती न करूँ।'' कृष्णा ने गहरी साँस लेकर कहा।

''अजीब है।'' दुष्यंत ने कहा।

''क्या आप मुझे बता सकती हैं कि बँगले के वास्तु में क्या-क्या परिवर्तन किये गए थे?'' दुष्यंत ने पूछा।

''नहीं, कुछ ख़ास परिवर्तन मुझे नज़र नहीं आये; मैं ज्यादा इसलिए नहीं बता सकती क्यूँकि जब बँगले में बदलाव का काम चल रहा था, देव ने मुझे मेरे मायके भेज दिया था।'' कृष्णा ने जवाब दिया।

''यह और भी ज्यादा अजीब है।'' दुष्यंत के माथे पर बल आ चुके थे।

''आपका और देव का रिश्ता कैसा है? जो आपने मुझसे लॉन में बोला था कि हमें अकेले में ज्यादा बात नहीं करनी चाहिए, नहीं तो देव हम पर शक करेगा; इसके पीछे क्या कहानी है?'' दुष्यंत ने बिना किसी लाग-लपेट के पूछा।

''मैं चकित हूँ कि आपने इस बात पर गौर नहीं किया कि हमारी कोई संतान नहीं है।'' कृष्णा ने दुष्यंत को घूरते हुए कहा। ''पिछले नौ सालों से मेरे और देव के बीच कोई पति-पत्नी वाला रिश्ता नहीं रहा है; हम एक कमरे में सोते ज़रूर हैं, परन्तु हमारे बीच कभी शारीरिक सम्बन्ध नहीं बनते, इसी कारण हमारे कोई औलाद नहीं है।'' कृष्णा की आँखें नम हो चुकीं थी।

'क्या!?' दुष्यंत के तो जैसे होश ही उड़ गए।

''जी हाँ, यह एक कड़वा सच है।'' कृष्णा ने भरे गले से कहा।

''पर ऐसा क्यों?''

''जब मैंने पूछा तो देव ने कहा कि वो कोई व्रत कर रहे हैं, जिसकी वजह से उनको अपार सफलता मिली है, और उस व्रत में ब्रह्मचर्य का पालन करना होता है; जिस दिन वो इस व्रत को तोड़ देंगे, उसी दिन उनका भविष्य बर्बाद हो जायेगा।'', कृष्णा ने बताया। ''यही वज़ह है कि वो मुझे किसी मर्द से ज्यादा घुलने-मिलने नहीं देते; उनको लगता है की मैं बहक सकती हूँ।''

''यह तो पागलपन है; क्या आपको इन बातों पर विश्वास है?'' दुष्यंत ने सिगरेट सुलगाकर पूछा।

''पता नहीं; मैं तो बस समय के साथ चलने की कोशिश कर रहीं हूँ... मेरे पास और चारा भी क्या है?'' कृष्णा उदास थी।

''अभी देव का काम कैसा चल रहा है?'' दुष्यंत ने पूछा।

''जबसे वो वास्तुशास्त्री गायब हुआ है, दुष्यंत की सारी फिल्में एक के बाद एक औंधे मुँह गिरी हैं और उनको काम मिलना लगभग बंद हो गया है।'' कृष्णा ने बेबाक जवाब दिया।

''इसीलिए मुझे बुलाया गया है।'' दुष्यंत ने हँसते हुए कहा।

‘‘शायद...’’ कृष्णा ने कहा, ‘‘अभी मुझे जाना चाहिए; देव अगर वापस आ गए और उन्होंने मुझे यहाँ देख लिया तो मुसीबत आ जाएगी।’’ कहकर कृष्णा कमरे के बाहर निकल गई।

दुष्यंत गहरी सोच में डूबा, शून्य को निहार रहा था।

* * *

बहुत रात हो चुकी थी, और देवकी, दुष्यंत का खाना उसके कमरे में पहुँचाकर जा चुकी थी। दुष्यंत को भूख नहीं थी और खाना मेज पर रखा ठण्डा भी हो चुका था। पूरा दिन दुष्यंत कृष्णा की कही हुई बातों के बारे में सोच-सोचकर परेशान रहा था। वो अजीब सी कशमकश में था। जो बातें कृष्णा ने कही थीं, वो किसी गंभीर समस्या की तरफ इशारा कर रही थीं, और वो चाहते हुए भी देव से बात नहीं कर सकता था, क्योंकि बहुत भरोसे के साथ कृष्णा ने उसको वो बातें बताई थीं और उसको इस बात का जवाब भी नहीं मिला था कि देव ने उससे वो सारी बातें क्यों छुपाई थीं। कहीं न कहीं कुछ गहरा राज़ था, जो दुष्यंत की सोच से भी परे था। दुष्यंत लगभग एक पूरा सिगरेट का पैकेट ख़त्म कर चुका था। देव अभी तक वापस नहीं आया था और दुष्यंत अकेला बैठा-बैठा बोर हो चुका था। खिड़की खुली थी और ठण्डी हवा बहने लगी थी। चारों तरफ अँधेरा छाया हुआ था।

दुष्यंत खिड़की के पास चला गया और खिड़की के पास पहुँचते ही उसको पिछली रात याद आ गई। उसने चारों तरफ देखने की कोशिश की। चाँदनी रात थी और कब्रिस्तान दिखाई दे रहा था, परन्तु वो लड़की उसको कहीं नज़र नहीं आई। दुष्यंत को थोड़ी निराशा हुई और वो वापस सिगरेट जलाने के लिए उठा। तभी अचानक उसकी नज़र कब्रिस्तान के दरवाज़े के सामने से गुज़रती लड़की पर पड़ी। यह वही थी...वही खूबसूरत लड़की, जो पिछली रात उसको मिली थी। दुष्यंत के चेहरे पर मुस्कराहट तैर गई। उसको अचानक खुशी का एहसास होने लगा।

वो लड़की सधे क़दमों से चलती हुई खिड़की के पास तक आई, लेकिन उसने एक बार भी खिड़की की तरफ नज़र उठा कर नहीं देखा।

दुष्यंत को थोड़ी निराशा हुई। वो लड़की पिछली रात की तरह खिड़की के नीचे तक आई और रुक गई। दुष्यंत उसको आवाज़ लगाने ही वाला था कि उसने अपनी नज़रें ऊपर उठाईं और बोली, ''आज भी नींद नहीं आ रही, या मेरे इंतजार में जाग रहे हो?''

''नींद नहीं आ रही थी तो सोचा तुम्हारा ही इंतज़ार कर लूँ!'' दुष्यंत ने शायराना अंदाज़ में कहा।

''तो फिर आ जाइए, साथ में टहल लेते हैं कल की तरह।'' लड़की ने मुस्कराकर कहा।

''बस दो मिनट रुकिए, मैं आता हूँ।'' दुष्यंत लगभग भागता हुआ उसके पास पहुँचा। गेट पर तैनात सुरक्षाकर्मी ने उसको रोकने की या कोई सवाल पूछने की कोई कोशिश नहीं की।

''कैसी हैं आप?'' दुष्यंत ने अपनी साँसें संयत करते हुए पूछा।

''मैं तो बहुत अच्छी हूँ, आप बताइए कल आराम से सो गए थे?'' लड़की ने अपने बालों को झटककर कहा।

''हाँ, जैसे ही आपसे मिलकर वापस गया, बहुत आराम से सोया... बिलकुल एक बच्चे की तरह।'' दुष्यंत ने कहा।

दोनों साथ-साथ चलने लगे।

''अब तो आप मुझे अपना नाम बता सकती हैं!'' दुष्यंत ने पूछा।

''क्या करेंगे मेरा नाम जानकार? मैंने कल भी कहा था कि आप मुझे कुछ भी कहकर बुला सकते हैं।'' लड़की ने आज भी उसके सवाल का सीधा जवाब नहीं दिया।

''आपने कल मेरे बारे में कुछ कहा था। मेरे माँ-बाप की मृत्यु के बारे में तो मेरा दोस्त भी नहीं जानता, फिर आपको ये सब कैसे पता चला?'' दुष्यंत ने अपने दिमाग में चल रहे सवाल का जवाब जानना चाहा।

''आपकी हालत ही ऐसी थी की किसी के लिए भी ये राग जाना मुश्किल नहीं था कि आपने हाल में ही अपने माँ बाप को खोया है... वो

तो बस एक अंदाजा था जो मैंने आपकी हालत देखकर लगाया था।'' लड़की ने मुस्कराकर दुष्यंत की आँखों में देखते हुए कहा।

''कमाल है! आप मुझे इतनी अच्छी तरह से समझ गयीं; और कोई तो आज तक मेरे विचारों को पढ़ नहीं पाया।'' दुष्यंत चकित था।

''आप बहुत अच्छे हैं, बस ऐसे ही रहिएगा, हमेशा।'' लड़की ने चलते हुए कहा।

''और आप बहुत खूबसूरत हैं। मैं सच कहूँ तो मैं दिन भर बस आपके ही बारे में सोचता रहा था।'' दुष्यंत के दिल में उस लड़की के प्रति प्यार उमड़ने लगा था। वो बहुत भावुक हो चुका था। जो लड़की उसकी भावनाओं को बिना कहे समझने लगी थी, वो उसकी पत्नी से कई गुना अच्छी थी, जो उसको कभी नहीं समझ सकी थी और परिणामस्वरुप उनका तलाक हो गया था। उस लड़की की खूबसूरती दुष्यंत की आँखों में जैसे बस चुकी थी।

''देव साहब को कैसे जानते हैं?'' लड़की ने पूछा।

''हम लोग कॉलेज में साथ पढ़े हैं, सालों की दोस्ती है।'' दुष्यंत ने गर्व से कहा।

''इतने अच्छे दोस्त होते तो इतने सालों बाद न मिलते।'' लड़की ने कटाक्ष भरे स्वर में कहा।

''तुमको कैसे पता कि हम बहुत सालों बाद मिल रहे हैं?'' दुष्यंत के कानों में जैसे बम फटा था।

''मैं यहीं रहती हूँ; आपको पहली बार देख रहीं हूँ, बस अंदाजा लगा लिया।'' लड़की जोर से हँस पड़ी।

''तुम तो सच में बहुत कुशाग्र बुद्धि की मलिका हो!'' दुष्यंत ने तारीफ़ के स्वर में कहा।

लड़की ने उस बात पर कोई प्रतिक्रिया नहीं की और चुपचाप चलती रही।

''तुम कहाँ रहती हो और तुम्हारे घर में कौन-कौन है?'' दुष्यंत ने

पूछा।

''क्यों, शादी करनी है मुझसे?'' लड़की रुक गई और दुष्यंत की आँखों में झाँककर पूछा।

''क्यों नहीं; तुम कहो तो मैं अभी तुमसे शादी करने को तैयार हूँ।'' दुष्यंत ने कहा और प्यार से उसकी आँखों में झाँका।

''सोच लो! एक बार वादा किया तो पीछा नहीं छोड़ने वाली।'' लड़की दुष्यंत के करीब आ गयी।

''तुम भी सोच लो! तुम काफी कम उम्र की लगती हो और मैं अपने जीवन के तीस से ज्यादा वसंत देख चुका हूँ... अगर तुम वादा करके चली गयीं तो मैं जान दे दूँगा।'' दुष्यंत ने एक कदम आगे बढ़ाकर कहा।

अब उनके बीच कोई दूरी नहीं बची थी, और वे एक दूसरे की साँसों को महसूस कर सकते थे। दुष्यंत ने अपने शरीर में ज्वालामुखी भड़कता सा महसूस किया। किसी स्त्री से संसर्ग किये उसे सालों बीत चुके थे और आज उसके अरमान जैसे मचलने लगे थे।

दुष्यंत ने अपनी बाहें उस लड़की की कमर में डालीं और उसके गुलाबी अधरों को चूमने के लिए अपने होंठों को आगे किया। लड़की ने अपनी आँखें बंद कर ली थीं और दुष्यंत उसके अधरों को बस चूमने ही वाला था।

''रुको कोई आ रहा है।'' लड़की ने दुष्यंत को धक्का देकर अपने शरीर से दूर किया।

''कौन है? कोई भी तो नहीं।'' दुष्यंत ने चारों तरफ नज़रें घुमाकर कहा।

''उधर देखो!'' लड़की ने सड़क के किनारे की तरफ इशारा कर के कहा।

दुष्यंत ने उधर देखा। उसको अँधेरे के सिवा कुछ नज़र नहीं आया। तभी अचानक उसे रौशनी की चमक दिखाई पड़ी। वो किसी कार की लाइट थी। दुष्यंत एकटक उस कार की तरफ देखने लगा। उसे

उम्मीद थी कि वो कार आगे बढ़ जायेगी और वो फिर से अपनी प्रेमिका की बाँहों में होगा। कार धीरे-धीरे उनके करीब आई और एक झटके से रुक गई। खिड़की का काँच नीचे हुआ और एक सर बाहर निकला। अँधेरे में शक्ल देख पाना मुमकिन नहीं था और कार की लाइट सीधा उसके मुँह पर गिर रही थी। दुष्यंत की आँखें लगभग चौंधिया गयी थीं।

''दुष्यंत! इतनी रात में यहाँ क्या कर रहा है?'' उसको वो आवाज़ पहचानने में एक पल भी नहीं लगा। वो देव था।

देव ने कार का इंजन बंद किया और कार से उतरकर उसके पास आया।

''इतनी रात में क्या कर रहा है यहाँ पर?'' देव ने अपना प्रश्न दोहराया।

''मैं तो बस टहलने निकला था और इनसे मुलाक़ात हो गई।'' दुष्यंत ने पलटकर लड़की की तरफ देखा। वो सन्न रह गया। वो लड़की वहाँ नहीं थी।

''किससे मुलाक़ात हो गई?'' देव ने चारों तरफ देखते हुए कहा।

''वो...वो लड़की...कहाँ गई?'' दुष्यंत भी चकित था।

''चलो, बैठो गाड़ी में, यहाँ रुकना ठीक नहीं है।'' देव ने दुष्यंत का हाथ पकड़कर उसे गाड़ी में बिठाया और तेज़ गति से बँगले की तरफ चल पड़ा।

उन दोनों ने रास्ते में कोई बात नहीं की और कार बँगले में जाकर रुक गई।

''कुछ पीना चाहोगे?'' देव ने घर के अन्दर दाखिल होते हुए दुष्यंत से पूछा।

''हाँ, आज तो शराब की सख़्त ज़रूरत महसूस हो रही है।'' दुष्यंत को अपना शरीर बहुत भारी लग रहा था।

''क्या करने गया था इतनी रात में बाहर, वो भी कब्रिस्तान के पास; दिमाग तो ठीक है? कहीं कुछ हो जाता तो?'' देव ने एक गिलास

भरकर दुष्यंत को दिया।

दुष्यंत ने पिछली रात की और आज की सारी बातें देव को बताई।

''दुष्यंत! मैंने पहले ही कहा था कि यहाँ पर हालात ठीक नहीं हैं; मैं और मेरा परिवार पहले से ही बहुत परेशान हैं, तुझको सावधान रहने की बहुत ज़रूरत है। जहाँ वो अजनबी लड़की तेरे से मिली थी, वहाँ किसी के इतनी रात में आने का सवाल ही पैदा नहीं होता... उस सड़क पर उस कब्रिस्तान के अलावा कुछ नहीं है।'' देव ने गंभीर स्वर में कहा।

''वहाँ कब्रिस्तान की देखभाल करने वाला परिवार भी रहता है न; शायद वो लड़की उस घर में रहती हो?'' दुष्यंत ने एक उम्मीद के साथ कहा।

''सवाल ही नहीं उठता। उस घर में बस एक मौलाना रहता है, और रात के समय वो भी वहाँ से चला जाता है; रात को एक कुत्ते का बच्चा भी वहाँ नहीं होता और तू एक खूबसूरत लड़की की बात कर रहा है।'' देव ने झुँझलाकर कहा।

''तो तू कहना चाहता है कि वो कोई भूतनी थी?'' दुष्यंत ने हँसते हुए कहा।

''संभव है...संभव है कि वो कोई प्रेतात्मा ही थी। ज़रा सोच! अगर वो तेरे साथ ही थी तो मेरे आते ही कहाँ गायब हो गई? वो मेरे सामने क्यों नहीं आई?'' देव ने पूछा।

''अगर वो प्रेतात्मा थी तो उसको तुझसे भी डरने की क्या ज़रूरत थी, और अगर उसे मुझको कोई नुकसान ही पहुँचाना था तो उसके पास कल भी एक मौका था, जब मैं उसके साथ अकेला था।'' दुष्यंत अभी भी देव की बात पर भरोसा करने को तैयार नहीं था।

''दुष्यंत! मेरे दोस्त, तू मेरे भाई की तरह है और मेरे घर में रहते हुए तेरी सुरक्षा की ज़िम्मेदारी मेरे ऊपर है; मेरी प्रार्थना है कि रात में अकेले घर से बाहर नहीं निकलना। वादा कर मुझसे कि आगे से कभी भी रात में अकेला घर से बाहर नहीं निकलेगा।'' देव ने दुष्यंत का हाथ

पकड़कर कहा।

‘‘वादा करता हूँ; खुश है न अभी?’’ दुष्यंत ने मुस्कराकर कहा।

‘‘शुक्रिया दोस्त।’’ देव ने मुस्कराकर कहा और अपने कमरे की तरफ बढ़ गया। दुष्यंत भी मेहमानखाने की तरफ बढ़ गया।

अपने कमरे में पहुँचकर दुष्यंत ने खिड़की से बाहर देखा। चारों और सन्नाटा छाया था। उस लड़की का कहीं नामोनिशान तक नहीं था। उसने एक नज़र कब्रिस्तान के पास बने घर पर डाली। घर में अँधेरा छाया था। शायद देव ने सही ही कहा था। वहाँ पर किसी के मौजूद होने की कोई संभावना नज़र नहीं आ रही थी।

* * *

देव और कृष्णा लॉन में बैठकर अखबार पढ़ते हुए बातें कर रहे थे। कृष्णा को देव ने बीती रात की सारी कहानी बता दी थी और वो ज्यादा फिक्रमंद हो गई थी। दुष्यंत अँगड़ाई लेते हुए आया और उन लोगों के पास वाली कुर्सी पर धँस गया।

‘‘अभी कैसा महसूस कर रहे हैं भैया?’’ कृष्णा ने पूछा।

‘‘मैं एकदम बढ़िया हूँ, आप बताइए।’’ दुष्यंत ने मुस्कराकर कहा।

कृष्णा बस मुस्कराकर रह गयी।

‘‘अरे देव! मैं तो पूछना ही भूल गया, कल तू किसी फिल्म निर्माता के पास गया था; क्या हुआ, कोई नयी फिल्म मिली है क्या?’’ दुष्यंत को अचानक जैसे याद आया।

‘‘नहीं यार, आजकल कुछ समय खराब चल रहा है; उस निर्माता को ऐसे कलाकार की तलाश है जो फिल्म के निर्माण में अपना पैसा लगा सके, मैंने उसके प्रस्ताव को मना कर दिया।’’ देव ने गहरी साँस लेकर कहा।

‘‘कोई बात नहीं भाई; थोड़ा बहुत ऊपर नीचे न हो तो ज़िन्दगी का मज़ा नहीं आता।’’ दुष्यंत ने मुस्कराकर कहा।

‘‘दुष्यंत, मेरे दोस्त, मैं जानता हूँ कि मैंने अपने स्वार्थ से तुझको यहाँ बुलाया है, अभी तो तुझे हमारे साथ हो रही कई घटनाओं के बारे में पता चल गया है, क्या अभी अपने वास्तु के ज्ञान से तू मुझे कोई सलाह दे पायेगा?’’ देव ने सकुचाते हुए पूछा।

‘‘ज़रूर! मुझे बँगले के वास्तु का अध्ययन करने में कुछ घंटों से ज्यादा का वक़्त नहीं लगेगा, परन्तु जब तक तुम लोगों की परेशानी मुझे पूरी तरह से समझ में नहीं आती, मैं कोई सही सलाह नहीं दे सकूँगा। आज तक मैंने कई इमारतों के वास्तु का अध्ययन व्यापार, व्यवसाय आदि के लिए किया है; किसी भूत-बाधा से जुड़ी हुई समस्या से मेरा पहली बार सामना हो रहा है।’’ दुष्यंत ने समझाते हुए कहा।

‘‘तो आप हमसे क्या चाहते हैं?’’ कृष्णा ने पूछा।

‘‘आप मुझे अपनी बाकी की घटनाओं के बारे में बताइए और उसके बाद मैं उन्हीं घटनाओं के आधार पर बँगले का निरीक्षण करूँगा और जो बन पड़ेगा वो हल बताऊँगा’’ दुष्यंत ने कहा।

‘‘ठीक है मित्र, मैं बाकी की घटनाओं के बारे में बताता हूँ जो काफी विचलित करने वाली हैं, बस भगवान् से यही प्रार्थना है कि जो भी शक्ति हमको परेशान कर रही है वो तुम्हारे पीछे भी न लग जाये। कल रात जो भी हुआ उसने मुझे यह सोचने पर मजबूर कर दिया है कि कहीं मैं अपने स्वार्थवश तुझे तो किसी मुसीबत में नहीं डाल रहा हूँ।’’ देव ने नज़रें झुकाकर कहा।

‘‘नहीं मित्र, ऐसा सोचना भी नहीं; मैं हर तरह से तुम लोगों की मदद करने के उद्देश्य से ही यहाँ आया हूँ; मुझे बाकी की घटनाओं के बारे में बताओ।’’ दुष्यंत अडिग था।

‘‘एक बार कृष्णा दीवाली के दिन घर को दियों से सजा रही थी, मैं अपने एक मित्र के बुलावे पर उसके घर पूजा में शामिल होने गया था।’’ देव ने अगला किस्सा सुनाना शुरू किया। ‘‘कृष्णा! तुम खुद क्यूँ नहीं यह घटना दुष्यंत को सुनातीं।’’ देव ने कृष्णा से कहा।

‘‘हाँ, ज़रूर।’’ कृष्णा ने बताना शुरू किया। ‘‘मैं घर के अन्दर

दिये जलाने के बाद लॉन में दिए रखने के लिए देवकी के साथ बाहर आई। मैं जैसे ही एक दिया जलाने के बाद दूसरे दिये को जलाती थी, पहला दिया अपने आप ही बुझ जाता था। हवा नहीं चल रही थी और बँगले के दरवाजे पर रखे दिये आराम से जल रहे थे। देवकी और मैंने भरसक कोशिश की, परन्तु हम एक से ज्यादा दीया जलाने में कामयाब नहीं हो सके। थककर हमने बस एक दिया जलता छोड़ दिया और घर के अन्दर आ गये। थोड़ी देर के बाद एक सुरक्षाकर्मी दौड़ता हुआ घर के अन्दर दाखिल हुआ और कहने लगा कि लॉन में आग लगी है। मैं और देवकी दौड़कर बाहर पहुँचे और देखकर हैरान रह गए कि लॉन की हरी घास धू-धू कर जल रही थी। चौंकाने वाली बात यह थी कि स्वचालित पानी के फव्वारे अब भी चल रहे थे और पानी में भीगी होने के बाद भी लॉन में उगी घास जल रही थी। सुरक्षाकर्मियों नें बाल्टियाँ भर-भरकर आग पर पानी डाला परन्तु आग उसी तरह जलती रही। कुछ ही देर बाद देव ने घर में प्रवेश किया और वो भी लॉन में लगी आग को देखकर डर गए। हमारे सारे प्रयास व्यर्थ हो गए और हारकर देव ने अग्निशमन विभाग को फ़ोन लगाया। जैसे ही वो फ़ोन करके बाहर आये, आग चमत्कारी ढंग से अपने आप ही बुझ गई। सबसे ज्यादा चौंकाने वाली बात यह थी कि लॉन की घास को कोई नुकसान नहीं पहुँचा था, और वो दिया ऐसे जल रहा था मानो कुछ हुआ ही न हो। लॉन को देखकर यह कहना मुश्किल था कि वहाँ कभी आग भी लगी थी। देव ने अग्निशमन विभाग को फ़ोन करके आग बुझने की बात बताई और हम लोग डरे-सहमे घर के भीतर आ गए।''

कृष्णा ने रुक कर एक गहरी साँस ली और फिर से बताना शुरू किया। ''उसी रात मुझे महसूस हुआ कि कोई तो हमारे कमरे में है। देव गहरी नींद में थे। मैंने अपने बिस्तर के करीब लगी बत्ती जलाई। मुझे कुछ फुसफुसाने की आवाज़ लगातार सुनाई दे रही थी। मैंने आवाज़ की दिशा में देखने की कोशिश की। वो आवाज़ कमरे में लगे आदमकद शीशे की तरफ से आ रही थी। मुझे बहुत डर लग रहा था, परन्तु देव के कमरे में होने की वजह से मुझमें हिम्मत बँधी हुई थीं। मैं काँपते क़दमों

से शीशे के पास पहुँची। वहाँ कोई नहीं था। मैंने जैसे ही शीशे पर नज़र डाली, वो धुँधला सा नज़र आया। मैंने उसको अपने दुपट्टे से साफ किया और तभी अचानक मुझे उसमें एक आकृति नज़र आई। मैं चिल्लाना चाहती थी, परन्तु मैं जैसे जड़ हो गई थी। मैं अपनी जगह से हिल भी न सकी। धीरे-धीरे आकृति साफ़ हुई और मुझे शीशे में वही बूढ़ी औरत नज़र आई जो देव के साथ हमारे घर आई थी और जो मछलियों की टोकरी के साथ गायब हो गई थी। उसके चेहरे पर नफरत के भाव थे। उसने मेरी आँखों में देखते हुए कहा- ‘‘मेरे साथ धोखा हुआ है, वादा तोड़ा गया है; वादा निभाओ, नहीं तो मरने का इंतज़ार करो।’’ यह कहकर वो आकृति गायब हो गई और मुझे आईने में अपना चेहरा नज़र आने लगे। मुझे अपने शरीर में जान लौटती सी महसूस हुई और मैं जैसे नींद से जागी। मैंने देव को उठाकर सारी बात बताई और वो रात हमने जागते हुए गुजारी।’’ कृष्णा ने अपने माथे पर उभर आई पसीने की बूँदों को अपने हाथ से साफ़ किया और दुष्यंत की तरफ देखा।

‘‘किसी वादे के तोड़े जाने की बात बार-बार दोहराई जा रही है।’’ दुष्यंत ने देव की तरफ देखा।

‘‘हाँ, सही कहा।’’ देव ने संक्षिप्त उत्तर दिया।

‘‘क्या तुमने कोई वादा या किसी का भरोसा तोड़ा है?’’ दुष्यंत ने सपाट स्वर में पूछा।

‘‘मुझे ऐसा कुछ याद नहीं है।’’ देव थाड़ा असहज होकर बोला।

‘‘उसके बाद क्या हुआ?’’ दुष्यंत ने पूछा।

‘‘उसके बाद हम लोगों ने एक पुजारी से संपर्क किया। सबसे बड़ी फिक्र यह थी कि यह बात लोगों तक न पहुँचे। वैसे ही मेरा काम ठीक नहीं चल रहा था; मुझे डर था कि अगर लोगों तक यह बात पहुँची तो मेरा पूरा भविष्य चौपट हो जोयेगा। किसी तरह उस पुजारी को एक मोटी रकम देकर घर बुलाया और बात को गुप्त रखने का वादा लिया।’’ देव ने बताना शुरू किया। दुष्यंत उसकी ओर ध्यान से देख

रहा था।

"उस पुजारी ने घर का मुआयना किया और बताया कि घर में किसी पिशाचिनी का डेरा है। उसने यह भी बताया कि वो किसी का बुरा नहीं चाहती और यहाँ से जायेगी भी नहीं।" देव के माथे पर पसीने की बूँदें साफ़ दिखाई दे रही थी।

'पिशाचिनी?' दुष्यंत ने चौंक कर पूछा।

"हाँ, पिशाचिनी", देव ने कहा।

"कौन सी पिशाचिनी? नाम क्या बताया था उसका?" दुष्यंत थोड़ा घबरा गया था।

"नाम नहीं बताया था; बस इतना कहा था कि एक पिशाचिनी है जो इस घर में डेरा जमा चुकी है।" देव ने कहा।

"अजीब हो तुम, और उससे भी ज्यादा अजीब था वो पुजारी; जब तक नाम नहीं पता चलेगा तब तक कोई हल नहीं निकाल सकोगे।" दुष्यंत थोड़ा गुस्से से बोला।

"उस पुजारी ने हल निकालने के लिए एक हवन किया था।" कृष्णा बोली।

"क्या हुआ था, विस्तार से बताइए।" दुष्यंत ने खुद को सँभाला।

"दिवाली के बाद वाले महीने में, अमावस्या की रात को उस पुजारी ने बहुत सारे ताम-झाम के साथ हवन शुरू किया। उस पुजारी ने मुझे और देव को एक त्रिकोण में बिठाया था जो सिन्दूर से बना था। खुद अपने लिए भी उसने वैसा ही त्रिकोण बनाया और अजीब से मन्त्रों का पाठ शुरू कर दिया। करीब आधा घंटे तक मंत्रोच्चारण करने के बाद उसने एक मुर्गे की बलि चढ़ाई और जैसे ही उसका खून आग में डाला, अजीब से आवाजों से घर गूँजने लगा। ऐसा लग रहा था की कोई जोर-जोर से फुसफुसा रहा है। वो आवाजें बहुत कर्कश और तीव्र थीं, जैसे कोई बहुत तकलीफ में हो। मेरे और देव के कस-बल ढीले पड़ चुके थे और हमारी तो जान जैसे हलक में आ गई थी। पुजारी मंत्र पढ़ता रहा और थोड़ी देर बाद हवन के धुँए में एक आकृति जैसी बननी

शुरू हो गई। वो आकृति किसी औरत की थी। पुजारी ने ऊँची आवाज़ में पूछा ''कौन है तू, और क्या चाहती है?'' उस आकृति ने कोई उत्तर नहीं दिया। पुजारी ने मुर्गे का खून हाथ में लेकर उस आकृति पर फेंका और वो खून उस आकृति में समा गया।

पुजारी फिर बोला ''कौन है तू और क्या चाहती है?''

इस बार उस आकृति में से एक हवा में तैरती सी आवाज़ आई। ''मैं भूखी हूँ; वादा तोड़ा गया है, मैं बदला लूँगी।''

पुजारी ने पूछा ''तू क्या चाहती है?''

''मैं भूखी हूँ, मैं खाना चाहती हूँ; सारे वादे जो इस आदमी ने किये थे, उनको पूरा होता देखना चाहती हूँ।'' उस आकृति ने कहा।

''चली जा यहाँ से! यह एक शादीशुदा आदमी है, किसी पिशाचिनी का यहाँ कोई काम नहीं है, जाकर कोई और घर देख।'' पुजारी ने आदेशात्मक स्वर में कहा।

''यह मेरा पति है, इसके साथ ही जाऊँगी।'' आकृति ने चिल्लाते हुए कहा। ऐसा लगा कि हमारे कान फट जायेंगे।

''चली जा यहाँ से।'' पुजारी ने कहा और अग्नि में गंगा जल के छींटे मारे। उस आकृति ने एक दर्द भरी आह की और उसका शरीर हवा में घुलता सा लगा और शीघ्र ही गायब हो गया।

इसी के साथ पुजारी ने हवन समाप्त कर दिया और हमें भरोसा दिलाया कि वो पिशाचिनी हमारा घर छोड़कर जा चुकी है। हमने उसे दान-दक्षिणा देकर विदा कर दिया और चैन की साँस ली।'' इतना कहकर कृष्णा चुप हो गई।

''एक बात बार-बार सामने आ रही है कि किसी को धोखा दिया गया है... वो बूढ़ी औरत भूखी है और खाना चाहती है; एक नयी बात जिसने मेरा ध्यान खींचा है वह है कि मेरी एक दूसरी भाभी भी है।'' दुष्यंत ने हँसते हुए कहा।

''दुष्यंत यह मज़ाक का वक़्त नहीं है!'' देव ने गुस्से से कहा।

''सही कहा दोस्त, पर उस आकृति ने यह क्यों कहा कि तू उसका पति है?''

''मुझे नहीं पता।'' देव उस बात को वहीं ख़त्म करना चाहता था।

''क्या तुम लोगों को विश्वास है कि उस पुजारी ने कोई तकनीक इस्तेमाल नहीं की थी? जैसे कोई विज्ञान का तरीका जिससे धुँए से एक आकृति पैदा की जा सके और कुछ कहलवाया जाय। यहाँ ध्यान देने वाली बात यह है की तुम्हारी उस आकृति से कोई बात नहीं हुई और जो कुछ किया उस पुजारी ने किया।'' दुष्यंत ने सर खुजलाते हुए कहा।

''पर वो पुजारी ऐसा क्यों करेगा भला?'' कृष्णा बोली।

''आखिरकार तुम्हारा पति एक नामी अदाकार है और सबको पता है कि उसके पास पैसे की कमी नहीं है; हो सकता है तुमको डरा कर उसने पैसे निकलवाने चाहे हों।'' दुष्यंत ने एक अंदाजा लगाया।

''नहीं, मुझे इस बात की कोई संभावना नहीं लगती; उसने हमसे कुछ नहीं माँगा था और जो दक्षिणा हमने दी, वो उसको लेकर चुपचाप चला गया।'' देव ने बताया।

''उसके बाद क्या हुआ? क्या सब कुछ ठीक हो गया? मुझे नहीं लगता कि कुछ भी ठीक हुआ होगा, क्योंकि अगर सब कुछ ठीक हो गया होता तो तुमने मुझे नहीं बुलाया होता।'' दुष्यंत ने मुस्कराकर कहा।

''सही कहा तूने।'' देव ने कहा। ''चीज़ें और बिगड़ती चली गयीं।''

''तुमने फिर उस पुजारी को नहीं बुलाया?'' दुष्यंत ने पूछा।

''नहीं बुला सकते थे, क्योंकि जब वो हमारे बँगले से निकला तो रास्ते में उसका पैर फिसला और वो गहरी खाई में गिरकर मौत का निवाला बन गया।'' देव ने थूक निगलते हुए कहा।

''ओह! तो तुमको क्या लगता है, क्या हुआ होगा?'' दुष्यंत विस्मित था।

''ज़रूर उस पिशाचिनी ने ही उसको मारा होगा, क्योंकि जहाँ उसकी गिरकर मौत हुई, वो जगह मुख्य रास्ते से कई मीटर दूर है, और वहाँ पैर फिसलकर दुर्घटना होने की कोई संभावना नहीं थी।'' देव ने बताया।

''पुलिस ने क्या कहा?''

''पुलिस ने उसे एक्सीडेंट का मामला बताकर केस बंद कर दिया।'' देव ने गहरी साँस ली।

''इसका मतलब उसका अगला शिकार मैं बनूँगा?'' दुष्यंत फिर से हँसा।

''हाँ, इसी बात का मुझे डर है, इसीलिए मैं चाहता हूँ कि तू जल्दी से जल्दी यहाँ से चला जाये।'' देव ने स्वीकृति में सर हिलाकर कहा।

''नहीं मित्र; जब तूने मुझे फ़ोन किया था तब मैं बस अपनी ज़िन्दगी समाप्त करने ही वाला था। मेरे माता-पिता की मृत्यु के बाद मेरे पास जीने की कोई वजह ही नहीं थी। तूने तो मुझे ज़िन्दगी के कुछ दिन दिए हैं। मैं यहाँ से इस परेशानी का हल निकलने के बाद ही जाऊँगा।'' दुष्यंत ने देव के हाथ पर हाथ रख कर कहा।

''क्या कहा, तुम्हारे माता-पिता की मृत्यु हो गई, और तूने मुझे बताया भी नहीं; मुझे अब भी याद है कितने प्यार से तेरे पिता मुझे अपना पुत्र मानकर पढ़ाते थे, तेरी माँ तुझसे पहले मुझे खाने का निवाला खिलाती थीं।'' देव का गला रूँध गया।

''नहीं मित्र, दुखी न हो; वो यहाँ से एक अच्छी जगह चले गए हैं; कुछ करना ही चाहते हो तो उनकी आत्मा की शान्ति के लिए प्रार्थना करना।'' दुष्यंत शांत था।

वातावरण बोझिल हो चुका था। कृष्णा उन दोनों की मित्रता देखकर अवाक् थी। ''मैं चाय लेकर आती हूँ।'' अपने आँसू छुपाती हुई कृष्णा रसोईघर की तरफ बढ़ गई।

* * *

''उसके बाद क्या हुआ?'' दुष्यंत ने चाय की चुस्की लेकर पूछा।

''चीज़ें बिगड़ती चली गयीं, और न समझ आने वाली घटनाओं की जैसे बाढ़ आ गई।'' देव के चेहरे पर परेशानी के भाव थे।

''एक रात मैं और कृष्णा ताश खेल रहे थे। मैं जीत रहा था। ताश का एक खेल ख़त्म करके मैंने कृष्णा को चाय बनाने को कहा। मैं काफी देर तक इंतज़ार करता रहा, पर कृष्णा चाय लेकर नहीं आई। मुझे कुछ अनहोनी की आशंका हुई और मैं रसोईघर की तरफ गया। मैंने उसे आवाज़ भी लगाई पर उसने कोई जवाब नहीं दिया। मैं जब रसोईघर में पहुँचा तो बत्ती बुझी हुई थी और कृष्णा चूल्हे के पास थी। चाय उफनकर बाहर गिर रही थी। ''कृष्णा! क्या कर रही हो जल जाओगी।'' कहते हुए मैं आगे बढ़ा और चूल्हा बुझा दिया और गुस्से में पलटकर कृष्णा की तरफ देखा। वो बुत बनी मुझे घूर रही थी। ''क्या हुआ पागल हो गई हो क्या?'' मैं चिल्लाया, परन्तु कृष्णा पर कोई असर नहीं हुआ और वो मुझे वैसे ही घूरती रही। ''चलो यहाँ से, मुझे नहीं पीनी चाय-वाय।'' कहकर मैं रसोईघर से बाहर निकलने लगा। ''तो क्या खून पीना है?'' कृष्णा ने कहा। उसकी आवाज़ खोखली सी थी और ऐसा लग रहा था कि वो किसी बर्तन को मुँह पर रख कर बोल रही हो। मैंने झट से पलटकर देखा। कृष्णा के चेहरे पर हँसी थी और तभी रसोईघर में मांस की गंध फ़ैल गई। बदबू इतनी ज्यादा थी कि मुझे अपनी नाक पर हाथ रखना पड़ा। कृष्णा खिलखिलाकर हँसने लगी और मैं काँप गया। उसका चेहरा भयानक नज़र आ रहा था, और वो पागलों की तरह जोर-जोर से हँस रही थी। मैं रसोईघर के एक कोने में खड़ा हुआ कुछ पलों तक खुद को सँभालने की कोशिश करता रहा। थोड़ी देर बाद रसोईघर में रखे बर्तन एक-एक करके गिरने लगे और नल अपने-आप खुल गया और पानी बहने लगा जो देखते ही देखते लाल रंग में बदल गया। मेरा डर के मारे बुरा हाल था। कृष्णा अपनी जगह पर ही थी और भयानक हँसी हँस रही थी। अचानक उसने एक बड़ा चाकू निकाल लिया और बोली ''अब यह मरेगी।'' और उसने अपने पेट में चाकू घुसाने के लिए हाथ हवा में उठाया। पता नहीं कहाँ से मेरे अन्दर इतनी हिम्मत आई। मैंने आगे बढ़कर कृष्णा के हाथ से

चाकू छीन लिया और उसे धक्का देकर ज़मीन पर गिरा दिया। कृष्णा भद्दी-भद्दी गालियाँ देकर मेरी पकड़ से छूटने की कोशिश कर रही थी, परन्तु मैंने उसे दबोचे रखा। उसकी आवाज़ भयानक हो गई थी और ऐसा प्रतीत होता था कि तीन चार औरतें एक साथ बोल रही हों। कुछ देर संघर्ष करने के बाद कृष्णा का शरीर ढीला पड़ गया और वो बेहोश हो गई। उसके चेहरे के भाव भी सामान्य हो गए।'' कहकर देव चुप हो गया।

''भाभी जी! आपको याद है कि क्या हुआ था? कैसे आप किसी शक्ति की चपेट में आ गयीं और फिर कैसे अपने-आप सामान्य हो गयीं?'' दुष्यंत ने कृष्णा से पूछा।

''मुझे बस इतना याद है कि मैं रसोई में चाय बनाने गई थी और अचानक मांस की गंध आने लगी। मैंने चारों तरफ देखा, पर कुछ समझ नहीं आया कि गंध कहाँ से आ रही थी। उसके बाद क्या हुआ, मुझे कुछ याद नहीं। मेरे होश में आने के बाद देव ने मुझे ये सब बातें बताईं।'' कृष्णा ने बताया।

''शुक्र है तुम दोनों में से किसी को चोट नहीं आई।'' दुष्यंत ने गहरी साँस लेकर कहा। ''उसके बाद क्या हुआ?''

''उसके बाद मैंने कृष्णा से बात की और तुमको फ़ोन लगाया। मैं किसी और से यह सारी बातें नहीं बता सकता। मुझे विश्वास है कि जो कुछ भी यहाँ हो रहा है उसमें वास्तु का कुछ न कुछ ज़रूर असर है; बस तुम अपने स्तर से एक बार बँगले का निरीक्षण कर लो। अगर कुछ मदद हो पायी तो ठीक है, वरना हमको ये बँगला छोड़कर जाना पड़ेगा।'' देव निराश नज़र आ रहा था।

''तुमको यह क्यों लगता है कि बँगले के वास्तु में कुछ कमी है?'' दुष्यंत ने सब कुछ जानते हुए भी अनजान बनकर पूछा।

''काफी पहले एक वास्तुशास्त्री ने इस बँगले का निरीक्षण किया था और कहा था कि इसमें कुछ वास्तुदोष हैं, परन्तु मैंने ज्यादा ध्यान नहीं दिया, और अभी मैं उनके संपर्क में नहीं हूँ; शायद उन्होंने यह

शहर छोड़ दिया है। पुजारी और हवन आदि का सहारा लेने के बाद अभी वास्तुदोष देखना ही बाकी है और इसीलिए तुम्हारी मदद की ज़रूरत पड़ी।'' देव ने आंशिक सत्य बोला, पर सफाई से असलियत छुपा गया।

''ठीक है, मैं आज ही बँगले का निरीक्षण करूँगा; तुम लोग यहीं रुको, मैं अपने कुछ उपकरण लेकर आता हूँ।'' कहकर दुष्यंत मेहमानखाने की तरफ बढ़ गया।

* * *

कुछ देर बाद एक दिशासूचक यन्त्र और एक छोटे थैले के साथ दुष्यंत हॉल में पहुँच गया। देव और कृष्णा वहीं पर उसका इंतज़ार कर रहे थे।

''हम सबसे पहले हॉल का निरीक्षण करेंगे।'' दुष्यंत ने हॉल पर सरसरी सी नज़र दौड़ाते हुए कहा।

''जैसा तुम बेहतर समझो।'' देव ने कहा।

''हॉल का दरवाजा ही इस घर में आने का मुख्य रास्ता है?'' दुष्यंत ने दिशासूचक यन्त्र पर नज़र गड़ाकर पूछा।

''हाँ, यही घर में आने का एकमात्र रास्ता है।'' देव ने जवाब दिया।

''क्या शुरू से यही घर में आने का मुख्य रास्ता था?'' दुष्यंत के माथे पर लकीरें साफ़ नज़र आ रही थीं।

''नहीं...असल में पहले दरवाज़ा उस तरफ था।'' देव ने एक और इशारा करके कहा। ''मुझे वो पसंद नहीं आया, इसीलिए इस बँगले में आने से पहले मैंने दरवाज़ा इस दिशा में बनवा दिया था; पुराना दरवाज़ा घर की खूबसूरती में पैबंद जैसा था।''

''यह नहीं होना चाहिए था; घर में आने का रास्ता दक्षिणमुखी है जो शुभ नहीं है। किसी भी घर में आने का मुख्य दरवाज़ा अगर दक्षिणमुखी होता है तो उस घर में पैसा तो आता है, क्योंकि दक्षिण दिशा कुबेर की दिशा होती है, परन्तु इसके साथ-साथ यह दिशा

यमराज की दिशा भी होती है। मुख्य दरवाजे की सर्वोत्तम दिशा पूरब या पश्चिम होती है। जहां पुराना दरवाज़ा था, वो दिशा पूरब है, जो इस बँगले के हिसाब से उपयुक्त दिशा थी; दरवाज़े की दिशा में यह परिवर्तन नहीं होना चाहिए था।'' कहते हुए दुष्यंत ने अपनी पुस्तक में कुछ लिख लिया।

कृष्णा ने अजीब से नज़रों से देव की तरफ देखा और देव ने नज़रें झुका लीं। दुष्यंत यह नहीं देख सका, क्योंकि वो हॉल के निरीक्षण में व्यस्त था।

''यह प्रतिमा कैसी है? और यह दक्षिण की तरफ क्यों रखी गई है?'' दुष्यंत की नज़र क्रिस्टल की उसी प्रतिमा पर पड़ी, जिसको उसने देव के घर में आने पर पहली बार देखा था। ''इस प्रतिमा का मुख घर के मुख्य दरवाज़े की तरफ है; यह एक इत्तेफाक है या ऐसा जानबूझकर किया गया है?'' दुष्यंत ने अपने दिशासूचक यन्त्र को देखते हुए पूछा।

''नहीं...यह तो बस एक चाहने वाले ने उपहार स्वरूप दी थी और मैंने इसको यहाँ रख दिया।'' देव ने लगभग हकलाते हुए कहा।

''कुछ न कुछ तो गलत है... इस प्रतिमा में एक स्त्री को दर्शाया गया है, जिसके एक हाथ में सिक्कों से भरा लोटा है और दूसरे हाथ में कटार है; इस प्रतिमा के हाव-भाव भी सामान्य नहीं हैं, मैं अभी इसको यहाँ से हटा देता हूँ, बाद में देखेंगे इसका क्या करना है।'' कहते हुए दुष्यंत ने प्रतिमा को उसके स्थान से उठा लिया।

''नहीं, उसको वहीं रख दो।'' देव जैसे तड़प उठा।

''क्या हुआ?'' दुष्यंत ने असमंजस से देव की तरफ देखा।

देव कुछ कहना ही चाहता था कि अचानक एक तेज़ हवा के झोंके से परदे हिल उठे। हवा का झोंका बहुत सर्द था। वे तीनों एकाएक काँप उठे।

''भाभी जी, लगता है आँधी आने वाली है, कृपा करके दरवाज़ा बंद कर दीजिये।'' दुष्यंत ने कृष्णा से कहा।

कृष्णा आगे बढ़ी और दरवाज़ा बंद कर दिया।

''इस प्रतिमा को अभी यहीं रहने दो, इससे मेरा व्यक्तिगत लगाव है; बाद में मैं सोचकर इसको कहीं और रख दूँगा।'' देव ने लगभग खींचकर दुष्यंत के हाथ से प्रतिमा को छीन लिया और वापस उसी जगह पर रख दिया।

''जैसी तुम्हारी मर्ज़ी।'' दुष्यंत ने कहा और एक पंक्ति अपनी पुस्तक में लिख ली।

दुष्यंत ने हॉल के हर कोने की बारीकी से जाँच-पड़ताल की और उसे कोई और वास्तु से जुड़ी समस्या नज़र नहीं आई।

''यहाँ बाकी सब ठीक लगता है; चलो बाहर से बँगले की जाँच करते हैं।'' दुष्यंत, देव और कृष्णा के साथ बाहर की तरफ निकल गया।

वो लोग चलते हुए बँगले के मुख्य दरवाज़े पर पहुँचे। सुरक्षाकर्मी ने इज़्ज़त से सर झुकाकर दरवाज़ा खोल दिया। दुष्यंत की नज़र उसके दिशासूचक यंत्र पर टिकी हुई थी। यंत्र की सुई अजीब तरह से हिल रही थी। दुष्यंत दरवाज़े से सटकर खड़ा हुआ और साँस रोककर यंत्र को अपने चेहरे की सीध में रखा। सुई स्थिर हुई और दुष्यंत के चेहरे के शांत भाव चिंता की लकीरों में बदल गए।

''क्या हुआ भैया?'' कृष्णा ने पूछा।

''इस दरवाज़े को जानबूझकर टेढ़ा लगाया गया है।'' दुष्यंत ने दरवाज़े से लगी चहारदीवारी पर नज़र दौड़ाते हुए कहा।

'मतलब?' कृष्णा ने पूछा।

''अगर दरवाज़ा बनाने वाला चाहता तो दरवाज़े को सीध में रखकर दरवाज़े को पूरब दिशा में रख सकता था, परन्तु इस दरवाज़े को ठीक पूरब और दक्षिण दिशा के बीच रखा गया है; इस प्रकार से जो भी इस बँगले के अन्दर आएगा, उसका मुख पूरब-दक्षिण दिशा में होगा।'' दुष्यंत ने समझाते हुए कहा।

''इससे क्या फर्क पड़ता है?'' देव ने असहज भाव से पूछा।

''बहुत फर्क पड़ता है मित्र।'' दुष्यंत ने देव की तरफ मुस्कराकर

देखा और एक पंक्ति अपनी पुस्तक में लिख ली।

''चलो अन्दर चलते हैं।'' दुष्यंत आगे बढ़कर बँगले के अन्दर दाखिल हो गया। देव और कृष्णा उसके पीछे-पीछे चले और देव के चेहरे पर हवाइयाँ सी उड़ रही थीं।

''बँगले के अन्दर जाने के लिए दो तरफ गोलाकार रास्ता बना हुआ है, और बीच में लॉन है; दिखने में ये अच्छा है और सामान्य है, तुम किस तरफ के रास्ते से अन्दर जाते हो?'' दुष्यंत ने देव से पूछा।

''ये हमेशा दाहिने रास्ते से आते-जाते हैं।'' इससे पहले देव कुछ कहता, कृष्णा ने जवाब दिया।

''नहीं हमेशा नहीं, मैं तो कोई भी रास्ता इस्तेमाल कर लेता हूँ।'' देव ने तुरंत कृष्णा की बात को काटकर कहा।

''याद है जब तुम रात को मुझे रास्ते में मिले थे और गाड़ी में बिठाकर घर लाये थे, तुमने दाहिने रास्ते का ही इस्तेमाल किया था।'' दुष्यंत ने देव की आँखों में झाँकते हुए कहा। देव उससे नज़रें न मिला सका।

''मुझे याद नहीं, यह बस एक इत्तेफाक होगा।'' देव ने बात को टाल दिया।

''हो सकता है; परन्तु मेरी सलाह है, दाहिने रास्ते का इस्तेमाल न ही करो तो बेहतर है, क्यूँकि तुम्हारे बँगले का दरवाज़ा पूरब-दक्षिण दिशा में बना है और अगर तुम दाहिनी दिशा से घर के अन्दर प्रवेश करोगे तो वास्तु के हिसाब से यह यमलोक में प्रवेश करने जैसा है।'' दुष्यंत ने कहा और आगे बढ़ गया। कृष्णा और देव उसके पीछे थे, और कृष्णा को अपने पाँव काँपते से महसूस हो रहे थे।

दुष्यंत ठीक घर के अन्दर जाने वाले दरवाज़े के बाहर रुक गया और चारों तरफ देखा। थोड़ी देर चारों तरफ देखने के बाद वो बोला, ''घर के अन्दर के बाकी हिस्सों का निरीक्षण बाद में करेंगे, पहले बाहर का निरीक्षण निबटा लेते हैं।''

''जैसा तुम कहो।'' देव ने सहमति में सर हिला दिया।

‘‘घर के पीछे क्या है?’’ दुष्यंत ने घर के पीछे जाते छोटे से रास्ते को देखकर पूछा।

‘‘कुछ नहीं, बस एक कमरा है, जो नौकरों के लिए बनवाया था; देवकी तो घर के अन्दर ही रसोईघर में सो जाती है, इसीलिए वो कमरा बंद पड़ा है।’’ देव ने साफ़ झूठ बोला।

दुष्यंत को कृष्णा की बताई हुई बात याद आ गई। वो समझ गया कि देव जानबूझकर उसको वहाँ जाने से रोकना चाहता है। ‘‘ठीक है! फिर भी मैं एक बार उस कमरे का निरीक्षण करना चाहूँगा।’’ दुष्यंत ने सहज स्वर में कहा।

‘‘लेकिन वो कमरा तो बहुत समय से बंद पड़ा है, और उस पर लगे ताले की चाभी भी पता नहीं कहाँ रखी है... अभी तुम घर का निरीक्षण कर लो, उस कमरे की चाभी खोजकर मैं तुमको बता दूँगा, बाद में उसका भी निरीक्षण कर लेना।’’ देव के चेहरे पर उभर रहा पसीना दुष्यंत की नज़रों से छुपा न रह सका।

‘‘ठीक है, उस कमरे का निरीक्षण बाद में कर लेंगे।’’ दुष्यंत समझ चुका था कि देव कुछ छुपा रहा है।

‘‘अरे हाँ...’’ देव को जैसे कुछ याद आया। ‘‘हम लोग एक आखिरी घटना के बारे में बताना तो भूल ही गए।’’

‘‘ज़रूर बताओ, मैं सब कुछ जानना चाहता हूँ, क्यूँकि आज बँगले का निरीक्षण करते हुए मुझे एहसास हो रहा है कि इस मामले को जानबूझकर पेचीदा बनाया गया है।’’ दुष्यंत ने कहा।

‘‘क्या मतलब है आपका?’’ कृष्णा ने पूछा।

‘‘अभी कुछ भी कहना जल्दबाजी होगी; मैं पूरे बँगले का निरीक्षण करने के बाद ही कुछ बता पाऊँगा... आप मुझे किसी घटना के बारे में बताने वाले थे?’’ दुष्यंत ने सफाई से बात को घुमा दिया।

‘‘हाँ... एक दिन देवकी और कृष्णा लॉन में बैठे हुए बातें कर रहे थे और हमारा पालतू कुत्ता मोती वहीं खेल रहा था। अचानक वो जोर-जोर से भौंकने लगा। उसका भौंकना सामान्य नहीं था और वो दाहिनी

दिशा में बनी दीवार की तरफ देखकर ऐसे भौंक रहा था मानो उसे किसी खतरे का एहसास हो रहा हो। देवकी और कृष्णा ने उसको शांत करने की बहुत कोशिश की परन्तु वो शांत नहीं हुआ। अचानक मोती वापस घूमा और दीवार की तरफ ऐसे लपका जैसे सामान्य तौर पर कुत्ते अपने शिकार पर झपटते हैं। देवकी और कृष्णा को लगा कि जिस गति से वो दीवार की तरफ भागा था, उस हिसाब से वो पक्की तौर पर दीवार से टकराकर चोटिल हो जायेगा। मोती की गति इतनी तेज़ थी कि वो चाहकर भी उसको रोक नहीं सकती थीं। उन्होंने उसे बहुत आवाजें दीं, पर उसने कुछ नहीं सुना। देवकी और कृष्णा साँस रोककर वो दृश्य देख रही थीं और मोती दीवार से बस टकराने ही वाला था। परन्तु हुआ कुछ और ही; कुछ ऐसा, जिसने देवकी और कृष्णा के होश ़फा़ख़्ता कर दिए। मोती दीवार से टकराने की जगह, उसमें ही समा गया। दीवार पर कोई खरोंच तक नहीं थी और मोती उसमें समाकर गायब हो चुका था। मोती को जैसे उस दीवार ने निगल लिया।'' देव ने चहारदीवारी की तरफ इशारा करके कहा। ''उसी दीवार में मोती समा गया था और फिर कभी वापस नहीं आया।''

''कमाल है! क्या है उस दीवार के दूसरी तरफ?'' दुष्यंत ने पूछा।

'सड़क।' देव ने संक्षिप्त सा उत्तर दिया।

''चलो घर के अन्दर चलते हैं।'' देव आगे बढ़ गया। उसका चेहरा जैसे परेशानी की दुकान नज़र आ रहा था।

घर के अन्दर पहुँचकर वो लोग हॉल में बैठ गए और देव ने चाय पीने की इच्छा जताई। कृष्णा चाय बनाने चली गई। दुष्यंत और देव बैठकर बातें करने लगे। कुछ ही देर बीती थी कि एक सुरक्षाकर्मी दरवाज़े तक आया और देव से बोला, ''साहब! डाकिया आया है; आपके नाम की एक रजिस्ट्री आई है, जिस पर उसको आपके दस्तखत चाहिए।''

''मित्र मैं अभी आया।'' कहकर देव, सुरक्षाकर्मी के साथ बाहर निकल गया।

दुष्यंत ने झट से अपने छोटे से थैले में से एक डिबिया निकाली और रसोईघर की तरफ लपका।

''भाभी जी, आपकी बताई बातों से मुझे अंदाजा लग गया था, पर यहाँ मामला ज़रूरत से ज्यादा गंभीर लग रहा है; मुझे आपकी मदद करने के लिए आपका सहयोग चाहिए।'' देव ने कहा और कृष्णा ने पलटकर उसकी तरफ देखा।

कृष्णा ने झाँककर बाहर की तरफ देखा। उसे डर था कि कहीं देव उसे दुष्यंत के साथ अकेले में बात करते न देख ले। उसने देव को एक सुरक्षाकर्मी के साथ बाहर की तरफ जाते देखा और वो थोड़ी निश्चिन्त नज़र आई।

''भैया, अब आपका ही सहारा है; बताइए मैं आपकी क्या मदद कर सकती हूँ?'' कृष्णा ने पूछा।

''मुझे लगता है, सारे सवालों के जवाब, घर के पीछे बने कमरे में ही मिलेंगे, और देव कभी भी मुझको उस कमरे में जाने नहीं देगा। देव ज़रूर कोई बड़ी बात छुपा रहा है। आप बस इस डिबिया में से दो-तीन गोलियाँ किसी चीज़ में मिलाकर देव को खिला देना; जब वो सो जाये तब आप उस कमरे की चाभी लाकर मुझे दे देना और मैं जाकर उस कमरे का निरीक्षण कर लूँगा।'' देव ने नींद की गोलियों से भरी डिबिया कृष्णा की तरफ बढ़ाते हुए कहा।

''आप नींद की गोलियाँ साथ लेकर घूमते हैं!'' कृष्णा ने डिबिया लेते हुए पूछा।

''लम्बी कहानी है, फिर कभी सुनाऊँगा।'' दुष्यंत जाने के लिए मुड़ा।

''भैया, मैं चाभी लेकर आपके कमरे में आऊँगी; हम दोनों साथ में उस कमरे में चलेंगे... मैं भी देखना चाहती हूँ कि उस कमरे में क्या है जो देव सबसे छुपाना चाहते हैं।'' कृष्णा ने कहा।

''जैसी आपकी मर्ज़ी; मैं रात को आपका इंतज़ार करूँगा।'' दुष्यंत ने एक नज़र घूमकर कृष्णा की तरफ देखा और शीघ्रता से जाकर

अपनी जगह पर बैठ गया। देव, दूर से वापस आता दिखाई दिया। उसके हाथ में एक लिफाफा था। दुष्यंत ने चैन की साँस ली। उसने सही समय पर अपना काम निपटा लिया था।

* * *

रात के सवा बारह बज चुके थे और दुष्यंत बेचैनी से बार-बार घड़ी की तरफ देख रहा था। कृष्णा का कहीं अता-पता नहीं था, और उसे कोई आहट भी नहीं सुनाई दे रही थी। दुष्यंत, चार सिगरेट पी चुका था और बेचैनी से कमरे में चक्कर लगा रहा था। उसने कई बार खिड़की के बाहर भी देखा, पर आज उसे वो अनजान लड़की भी नज़र नहीं आई। मौसम सर्द होता जा रहा था, पर दुष्यंत को इसकी परवाह नहीं थी, वो तो बस कैसे भी करके उस बंद कमरे में जाना चाहता था।

लगभग पंद्रह मिनट के बाद दुष्यंत को किसी के चलने की आहट सुनाई दी। पाजेब की आवाज़ ने उसका ध्यान खींचा और कुछ ही पलों में दरवाज़े पर हल्की सी दस्तक हुई।

''आ जाइए, दरवाज़ा खुला है।'' दुष्यंत ने धीरे से कहा।

दरवाज़ा खुला और कृष्णा अन्दर दाखिल हुई। उसने एक शॉल ओढ़ा हुआ था और वो ठण्ढ से काँप रही थी। ''आज काफी ज्यादा ठण्ढ है।'' उसने काँपते हुए कहा और अपनी हथेली दुष्यंत के सामने फैला दी। एक छोटी सी चाभी कमरे की मद्धिम रौशनी में चमक उठी।

''बहुत खूब! देव सो गया न?'' दुष्यंत ने कृष्णा की हथेली से चाभी उठाते हुए पूछा।

''हाँ, वो गोलियाँ तो कमाल की हैं; वो खर्राटे मारकर सो रहे हैं।'' कृष्णा ने मुस्कराकर जवाब दिया।

''चलिए, फिर चलते हैं।'' दुष्यंत ने अपना थैला उठा लिया।

''मुझ आगे चलने दीजिये; मैं नहीं चाहती कोई सुरक्षाकर्मी हमें देखे।'' कृष्णा सधे कदमों से आगे बढ़ी और दुष्यंत उसके पीछे चल दिया।

धीरे-धीरे बिना कोई आवाज़ किये, वे दोनों मुख्य दरवाज़े तक

पहुँचे और कृष्णा ने हल्का सा दरवाज़ा खोलकर बाहर का मुआयना किया। रास्ता साफ़ था। उसने दुष्यंत को इशारा किया और वे दोनों घर के पीछे बने कमरे की तरफ चल दिए। चाँदनी रात होने की वजह से वे आराम से चलते हुए घर के पीछे बने कमरे तक पहुँच गए।

देव ने एक बार फिर से चारों तरफ देखा और अच्छी तरह संतुष्ट होने के बाद चाभी लगाकर ताला खोलने लगा। हल्की की आवाज़ के साथ ताला खुला और दुष्यंत ने गहरी साँस लेकर कृष्णा की तरफ देखा। कृष्णा के चेहरे पर असमंजस के भाव थे। उन दोनों ने एक आखिरी बार चारों ओर देखा और कमरे के अन्दर घुसकर अन्दर से दरवाज़ा बंद कर लिया। चारों ओर घना अँधेरा था।

‘‘यहाँ बत्ती का बटन कहाँ पर है।’’ दुष्यंत ने पूछा।

‘‘पता नहीं; मैं इस कमरे में पहली बार आई हूँ।’’ कृष्णा ने जवाब दिया।

‘‘रुको मैं माचिस जलाता हूँ।’’ दुष्यंत ने अपनी जेब टटोली और माचिस निकालकर उसको जलाया।

कमरा रोशन हो उठा, परन्तु माचिस की रोशनी काफी नहीं थी। दुष्यंत ने कमरे की दीवारों पर नज़र दौड़ाई और उसे एक कोने में बिजली का बोर्ड दिखाई दिया। उसने लपककर बटन दबाया और कमरा बल्ब की रोशनी से जगमगा उठा। दोनों ने चैन की साँस ली।

वो कमरा काफी बड़ा था और कहीं से भी नौकरों के रहने की जगह नहीं लग रहा था। कमरे में बीच की जगह खाली थी और बीच में एक षट्कोण बना हुआ था। वो षट्कोण फर्श पर एक नमूने के जैसे बनाया गया था, परन्तु दुष्यंत की आँखें और अनुभव यह समझने के लिए काफी थे की वो षट्कोण बस एक नमूना भर नहीं था।

‘‘तो वो वास्तुशास्त्री यहाँ रहता था?’’ दुष्यंत ने कृष्णा से पूछा।

‘‘जी हाँ।’’ कृष्णा ने चारों तरफ निगाह दौड़ाते हुए कहा।

‘‘और यहाँ किसी को आने की इजाज़त नहीं थी...अजीब बात है; ऐसा क्या है इस कमरे में।’’ दुष्यंत ने कहते हुए उस षट्कोण का एक

चक्कर लगाया, पर कुछ ख़ास समझ नहीं सका।

कमरे में कुछ लकड़ी का सामान भी था, परन्तु वो सब कमरे के किनारों पर सजाया गया था। कोने में एक पूजाघर बना हुआ था, जिसमें बहुत सारी छोटी-बड़ी भगवानों की प्रतिमाएँ और तस्वीरें सजी हुई थीं। एक नज़र देखने में वो कमरा किसी अन्य कमरे की तरह ही सामान्य नज़र आ रहा था।

''कुछ भी तो नहीं है यहाँ।'' कृष्णा ने निराशा भरे स्वर में कहा।

''कुछ तो ज़रूर होगा।'' दुष्यंत ने विश्वास के साथ कहा। ''यूँ ही कोई किसी कमरे को सबकी नज़रों से छुपाकर नहीं रखता।'' दुष्यंत के स्वर में विश्वास था।

''आइये अन्दर देखते हैं।'' दुष्यंत ने एक तरफ इशारा करते हुए कहा। एक छोटा सा गलियारा कमरे से अन्दर की तरफ जा रहा था। ''आपको नहीं लगता, यह कमरा नौकरों के हिसाब से कुछ ज्यादा ही आलीशान है?'' गलियारे से गुज़रते हुए, दीवार पर टँगी एक महंगी तस्वीर को देखते हुए दुष्यंत ने कृष्णा से कहा, जो ठीक उसके पीछे थी।

''आप सही कह रहे हैं; मैं भी यही सोच रही थी।'' कृष्णा ने सहमति में कहा।

सामने ही बिजली का बोर्ड था। दुष्यंत ने उस पर लगा बटन दबाया और गलियारा रौशन हो उठा। अन्दर जाने के लिए एक दरवाज़ा नज़र आया। उस पर बाहर से कड़ी लगी थी, परन्तु उस पर कोई ताला नहीं था। बायीं तरफ एक छोटा सा गलियारा जुड़ रहा था, जो रसोईघर की तरफ जाता था।

''आइये, पहले इधर देखते हैं।'' दुष्यंत ने रसोईघर की तरफ इशारा करके कहा।

दोनों ने रसोईघर में प्रवेश किया। गलियारे में जल रहे बल्ब से रसोईघर रौशन था और वे सब कुछ साफ़-साफ़ देख सकते थे।

वो एक छोटी सी रसोई थी, जिसको करीने से सजाया गया था।

कोने में एक चूल्हा रखा था, जिस पर अब धूल जम चुकी थी। दाल और मसालों से भरे कुछ छोटे-बड़े मर्तबान करीने से दीवार में बनी अलमारी में सजाये गए थे।

''क्या वो वास्तुशास्त्री आपके साथ खाना नहीं खाता था? रसोई देखकर तो लगता है कि वो खुद ही खाना बनाता था।'' दुष्यंत ने पूछा।

''नहीं; उसने कभी भी हमारे साथ खाना नहीं खाया, परन्तु यह मुझे नहीं पता था कि वो अपना खाना खुद बनाता था।'' कृष्णा करीने से सजी रसोई को देख रही थी।

''चलिए एक कमरा और बचा है उसको भी देख लेते हैं।'' दुष्यंत, रसोईघर से निकलकर कमरे की तरफ चल दिया। कृष्णा उसके ठीक पीछे चल रही थी।

दुष्यंत ने कमरे की कड़ी खोली और दरवाजा खोलकर भीतर घुसा। अन्दर गलियारे की रोशनी आ रही थी, परन्तु काफी नहीं थी। दुष्यंत ने टटोलकर अंदाज़े से एक बटन दबाया और कमरा रौशन हो उठा। कमरे के कोने में एक बिस्तर लगा हुआ था, जिसकी चादर कोने में गठरी जैसी बनाकर रखी हुई थी। बिस्तर पर सिलवटें थीं, जिन्हें देखकर साफ़ पता चलता था कि वहाँ रहने वाला व्यक्ति जाने से पहले सोया था, और फिर शायद बिस्तर समेटना भूल गया था। कमरा किताबों से भरा पड़ा था, और उनमें से अधिकतर किताबें धार्मिक थीं। कमरे में एक बिस्तर और किताबों के अलावा कुछ ख़ास नहीं था।

''कुछ ख़ास नज़र आया?'' कृष्णा ने पूछा।

''नहीं, अभी तक तो नहीं।'' कहते हुए दुष्यंत ने कमरे में रखी एक छोटी अलमारी को खोला।

अलमारी में कुछ नहीं था, बस एक पोटली में कुछ बाँधकर रखा गया था, और उसके पास एक कागज़ मोड़कर रखा गया था।

''यह क्या है?'' दुष्यंत ने सावधानी के साथ उस पोटली को उठाया। वो काफी भारी थी। ''भाभी जी! वो कागज़ भी उठा लीजिये।'' दुष्यंत ने मोड़कर रखे गए कागज़ की तरफ इशारा किया।

कृष्णा ने लपककर वो कागज़ उठा लिया।

वो पोटली कम से कम नौ-दस किलो वज़न की थी। दुष्यंत ने उस पोटली को बिस्तर पर रखा और उस पर लिपटा कपड़ा सावधानी से उतारना शुरू किया। कृष्णा असमंजस से वो दृश्य देख रही थी। जो कागज़ उसने अलमारी से उठाया था उसने उस कागज़ को अपने मुट्ठी में दबा रखा था।

कपड़े की कई तह खोलने के बाद जैसे ही दुष्यंत ने कपड़े की आखरी परत को हटाया, एक ताँबे से बनी जिल्द में बँधी किताब नज़र आने लगी। 'नील्वंती ग्रन्थ।' कृष्णा ने उस पर लिखे अक्षरों को पढ़ा।

'हे भगवान!' दुष्यंत के मुँह से निकला।

''क्या हुआ?''

''यह तो एक दुर्लभ ग्रन्थ है; यह यहाँ कैसे आया? इसको पढ़ना हर एक के बस की बात नहीं है। इसका यहाँ होना ताज्जुब की बात है।'' दुष्यंत के माथे पर पसीने की बूँदें उभर आयी थीं।

''इसमें ऐसा क्या ख़ास है?'' कृष्णा की समझ में कुछ भी नहीं आ रहा था।

''यह ग्रन्थ पढ़ने वाले को कीड़े-मकोड़ों-पशु-पक्षी आदि की भाषा समझ में आने लगती है; परन्तु इसको पढ़ने से जो शक्ति प्राप्त होती है, उसको बर्दाश्त कर पाना हर एक के लिए संभव नहीं होता; उस शक्ति को सँभालने के तरीके इस ग्रन्थ के अंत में कहीं लिखे गए हैं, परन्तु वहाँ तक पढ़ने से पहले ही व्यक्ति पागल हो जाता है। यह उस ग्रन्थ की असली प्रति लगती है, क्यूँकि ये ग्रन्थ ताँबें के पत्रों पर उकेरकर लिखा गया है। इसकी कीमत आज करोड़ों रुपये में होगी।'' दुष्यंत को जो पता था, उसने कृष्णा को बताया।

''ये संभव नहीं लगता।'' कृष्णा के चेहरे पर अजीब से भाव आ गए थे।

''जो कुछ आपके घर में हो रहा है, वो संभव लगता है क्या?'' दुष्यंत ने कटाक्ष भरे स्वर में कहा।

‘‘नहीं-नहीं, मेरा ऐसा मतलब नहीं था।’’ कृष्णा ने बात को सँभालते हुए कहा।

‘‘इस कागज़ में क्या लिखा है?’’ दुष्यंत ने कृष्णा के हाथ से कागज़ ले लिया।

दुष्यंत ने सावधानी से कागज़ की तहें खोलीं। वो काफी पुराना कागज़ था और कई कोनों से फट रहा था।

‘‘ओह नहीं!’’ दुष्यंत ने बस एक सरसरी निगाह डालकर उस कागज़ को मोड़कर अपनी जेब में रख लिया।

‘‘क्या हुआ? क्या लिखा है इस कागज़ में?’’ कृष्णा, दुष्यंत का व्यवहार देखकर थोड़ा सहम गयी।

‘‘बाद में बताता हूँ; अभी यहाँ से चलते हैं।’’ कहकर दुष्यंत ने उस भारी पुस्तक को फिर से कपड़े में लपेटा और उठाकर चल दिया।

उन दोनों ने सारी बत्तियाँ बंद की और चुपचाप कमरा बंद करके वापस घर में आ गए। खुशकिस्मती से उनको किसी ने नहीं देखा था।

‘‘इस ग्रन्थ को देव की नज़रों से छुपाकर रखना होगा; चलिए मेरे कमरे में चलते हैं।’’ दुष्यंत ने फुसफुसाकर कहा। कृष्णा ने सहमति में सर हिलाया और दुष्यंत के पीछे चल दी।

मेहमानखाने में पहुँचकर दुष्यंत ने ग्रन्थ कुर्सी पर रखकर दरवाज़ा बंद कर दिया। दुष्यंत ने अपने जेब से कागज़ निकालकर ग्रन्थ के ऊपर रखा और धम्म से बिस्तर पर बैठ गया।

‘‘क्या लिखा है इस कागज़ में?’’ कृष्णा ने वो कागज़ उठाया और उसकी तह खोलकर उसको पढ़ना शुरू कर दिया।

‘‘कर्ण पिशाचिनी साधना! यह एक गुप्त त्रिकालदर्शी साधना है; नीचे दिया गया मंत्र कर्ण पिशाचिनी को जागृत कर देगा और फिर साधक पिशाचिनी से अपना मुँहमाँगा वरदान पा सकेगा। एक बार इस मंत्र की सिद्धि पाने के बाद साधक कोई भी चीज़, इच्छा या वस्तु को पिशाचिनी की कृपा से पा सकेगा। साधक को भविष्य में होने वाली घटनाओं का ज्ञान हो सकेगा... कर्ण पिशाचिनी, साधक के कानों में

भविष्य में होने वाली घटनाओं को बता देगी या साधक के किसी भी प्रश्न का उत्तर कान में आकर बोल देगी और साधक त्रिकालदर्शी हो जाएगा।

कर्ण पिशाचिनी की साधना का मंत्र नीचे दिया गया है।

ॐ लिंग सर्वनाम शक्ति भगवती कर्ण-पिशाचिनी चड रूपी सच-सच मम वचन दे स्वाहा।

मंत्र को साधने की विधि इस प्रकार हैः-

किसी भी नवरात्र में भूत-शुद्धि, स्थान-शुद्धि, गुरु स्मरण, गणेश पूजन, नवग्रह पूजन से पूर्व एक चौकी पर साफ़ लाल कपड़ा बिछाएँ। उस पर ताँबे का एक लोटा स्थापित करें। कलश पर एक सूखा नारियल रखें। कलश के चारों ओर पान, सिन्दूर, दो लड्डू, एक कटा हुआ मुर्गा, एक लोटे में मुर्गे का खून रखें। कलश पूजन कर, समस्त सामग्री के चारों तरफ मुर्गे के खून से स्तंभित करें। इसके बाद कंधे पर लाल कपड़ा रखकर उपरोक्त दिए गए मंत्र का जाप करें। रोजाना एक हज़ार बार उपरोक्त मंत्र का जाप नौ दिन तक करें, और दसवें दिन, एक हज़ार मन्त्रों का जाप किसी शमशान या कब्रिस्तान में करें।

दसवें दिन का जाप समाप्त होते ही कर्ण पिशाचिनी साक्षात रूप में दर्शन देगी। साधक और पिशाचिनी आपस में बात करके किसी निष्कर्ष पर पहुँच सकते हैं, और उसके बाद जो भी शर्तें रखी जायेंगी, उसके हिसाब से साधक और पिशाचिनी एक साथ रहेंगे, और ये साथ साधक के जीवन-पर्यन्त रहेगा और साधक की मृत्यु के साथ समाप्त हो जायेगा।

साधक को सलाह दी जाती है कि पिशाचिनी के साथ शर्तें मानने से पहले, ध्यान से सोच ले; क्यूँकि एक बार शर्तों का फैसला होने के बाद उनको पलटना संभव नहीं होगा।

कृष्णा ने उस कागज़ को पढ़ने के बाद काँपते हुए, दुष्यंत की तरफ देखा, जिसकी हालत कृष्णा से अलग नहीं थी।

''यह अच्छा नहीं है।'' दुष्यंत ने कहा और कृष्णा को अपने पास

बैठने में मदद की। कृष्णा के पैर काँप रहे थे।

"नील्वंती ग्रन्थ और कर्ण पिशाचिनी को साधने का मंत्र और उसके विवरण का उस कमरे में पाया जाना, ये साफ़ है कि देव और वो वास्तुशास्त्री कुछ ऐसा कर रहे थे जो कि नहीं होना चाहिए था... कुछ समझ नहीं आ रहा।" दुष्यंत ने सोचते हुए कहा।

"अभी हमें क्या करना चाहिए?" कृष्णा का शरीर अभी भी काँप रहा था।

"सबसे पहले हमें यह पता करना होगा कि यह साधना की गई थी या नहीं, और अगर की गई थी तो देव ने की थी या किसी और ने?" दुष्यंत का दिमाग तेज़ी से चल रहा था।

"आप ही कुछ सोचिये; मेरा दिमाग काम नहीं कर रहा है।" कृष्णा को अपना सर घूमता सा प्रतीत हो रहा था।

"अगर देव ने कर्ण पिशाचिनी साधना की होती तो उसका काम खराब नहीं चल रहा होता और उसको नींद की गोलियाँ खिलाना भी संभव नहीं होता, क्यूँकि कर्ण पिशाचिनी उसको पहले ही खबरदार कर देती; इसके पीछे कोई और राज़ छुपा है।" दुष्यंत ने कहा।

"सही कहा आपने।" कृष्णा ने समर्थन में कहा।

"लेकिन क्या कर्ण पिशाचिनी को साधना इतना आसान है? ऐसे तो कोई भी त्रिकालदर्शी बन जाएगा", कृष्णा ने सर खुजलाते हुए कहा।

"आसान है भी और नहीं भी, क्यूँकि कर्ण पिशाचिनी ऐसी शर्तें रखती है कि साधक ज्यादा दिनों तक उनका पालन नहीं कर पाता और कर्ण पिशाचिनी उसको मार डालती है।" दुष्यंत ने कहा और कृष्णा काँपकर रह गई।

"अभी आपके दिमाग में क्या चल रहा है? हमें क्या करना चाहिए?" कृष्णा ने दुष्यंत की तरफ उम्मीद भरी नज़र से देखा।

"मुझे सोचने के लिए कुछ वक़्त चाहिए... हम इस बारे में कल बात करेंगे।" दुष्यंत को कुछ नहीं सूझ रहा था।

''ठीक है।'' कृष्णा उठ खड़ी हुई। ''हम कल बात करेंगे।'' कहकर वो कमरे से बाहर चली गई और दुष्यंत निढाल सा अपने बिस्तर पर लुढ़क गया।

* * *

कृष्णा जा चुकी थी और दुष्यंत मनमंथन में खोया हुआ था। उसे अपना शरीर बेजान सा लग रहा था। वो अपना अतीत याद कर रहा था। उसके अतीत का वो काला पन्ना, जो उसने सबसे छुपाकर रखा था। उसे विश्वास नहीं हो रहा था कि जिस काले अतीत को वो बहुत पीछे छोड़ आया था, वो इस तरह उसके सामने आ खड़ा होगा। वो अपने ख़यालों में गहरा उतरता चला गया... गहरा, बहुत गहरा...।

दुष्यंत की उम्र यही कोई बीस-इक्कीस वर्ष की रही होगी। वो पढ़ाई कर रहा था और साथ ही एक योग्य गुरु के साथ वास्तुशास्त्र की शिक्षा भी ले रहा था। सब कुछ बहुत अच्छा चल रहा था और ज़िन्दगी खूबसूरत थी। उसके पिता एक निजी संस्थान में लिपिक थे और उनकी तनख्वाह में परिवार की आराम से गुजर-बसर हो जाती थी। बीए की पढ़ाई पूरी करके दुष्यंत ने बहुत हाथ-पाँव मारे, परन्तु उसे कोई नौकरी नहीं मिली। जो नौकरियाँ थीं भी, वो या तो सिफारिश के बल पर मिलती थीं या फिर रिश्वत के दम पर; और बदकिस्मती से दोनों ही ज़रिये दुष्यंत के पास नहीं थे। और यह वही वक़्त था जब दुष्यंत ने वास्तुशास्त्री बनकर जीवन यापन करने की ठान ली।

दुष्यंत ने बहुत प्रयास किये पर उसे कोई नहीं मिला जो उस पर भरोसा करके उसको काम दे सके। जो लोग उसकी सेवाएँ लेना भी चाहते थे, उनकी अपेक्षा उसकी सेवाओं का भुगतान करने की कभी नहीं थी। दुष्यंत बेरोजगार और परेशान था, साथ में परिवार और रिश्तेदारों का दबाव भी था। हर तरफ निराशा की काली बदली छाई थी।

एक दिन दुष्यंत, काशीपुर अपनी मौसी के घर जाने के लिए रेलगाड़ी से सफ़र कर रहा था। वो अपने ही ख़यालों में खोया हुआ था कि तभी उसे शोर-शराबा सुनाई दिया। उसने रेलगाड़ी के डिब्बे में

नज़र दौड़ाई। उसने डिब्बे के एक किनारे पर टिकट जाँच करने वाले अफसर को एक साधू से दिखने वाले वृद्ध पुरुष पर चिल्लाते हुए देखा। उस वृद्ध के पास टिकट नहीं था और टिकट जाँचने वाला अफसर उससे पैसे की माँग कर रहा था। उस वृद्ध के पास शायद पैसे भी नहीं थे और उसने अपनी असमर्थता जताई। टी सी उसको गालियाँ देने लगा। दुष्यंत को यह बर्दाश्त नहीं हुआ और वो लपककर उनके करीब पहुँचा। डिब्बे में बैठे बाकी लोग मज़े से यह सब तमाशा देख रहे थे।

"क्या हुआ साहब?" दुष्यंत ने इज़्ज़त के साथ टी सी से पूछा।

"यह साला बिना टिकट यात्रा कर रहा है, और जब मैंने जुर्माने के पैसे माँगे तो कहता है कि साधू के पास पैसों का क्या काम; लीचड़-कमीना..." टी सी ने गुस्से से कहा।

साधू बैठा हुआ मुस्कराता रहा।

"देखो कैसे हँस रहा है कमीना, हरामी।" टी सी ने अपने पढ़े-लिखे होने के और सबूत पेश किये।

"कितना जुर्माना बनता है इनका?" दुष्यंत ने थोड़ा गुस्से में पूछा।

"क्यों? तुम दोगे इसकी जगह वो पैसा?" रेल अफसर ने टेढ़े स्वर में पूछा।

"तुम बस पैसा बताओ और रसीद काटो।" दुष्यंत ने गुस्से में जवाब दिया।

"पंद्रह रुपये।" रेल अफसर ने रसीद काटते हुए कहा।

"यह पकड़ो पंद्रह रुपये।" कहते हुए दुष्यंत ने रेल अफसर के हाथ से रसीद छीन ली और दूसरे हाथ से पंद्रह रुपये उसकी खाली हथेली पर रख दिए।

रेल अफसर ने तमतमाए हुए चेहरे से दुष्यंत की तरफ देखा।

"जाओ अब यहाँ से...और हाँ...आगे से अपनी बाप की उम्र के आदमी से इज़्ज़त से बात करना, वरना किसी दिन कोई तुम्हारा मुँह

तोड़ देगा।'' दुष्यंत ने रसीद, वृद्ध को थमाते हुए कहा।

रेल अफसर भुनभुनाते हुए वहाँ से चला गया।

''अब आपको कोई परेशान नहीं करेगा; आप आराम से यात्रा कर सकते हैं।'' दुष्यंत ने मुस्कराकर वृद्ध की तरफ देखा और अपने बैठने के स्थान की तरफ चल दिया।

''रुको बेटे!'' वृद्ध ने उसको पीछे से आवाज़ लगायी। दुष्यंत ने पीछे मुड़कर देखा।

''आओ यहाँ बैठो।'' वृद्ध ने अपने पास वाली खाली सीट की तरफ इशारा करते हुए कहा।

''जी ज़रूर।'' दुष्यंत उस वृद्ध के पास बैठ गया।

''क्या तुम सभी की इसी तरह मदद करते हो?'' वृद्ध ने पूछा।

''नहीं बाबा; भगवान् ने इस काबिल नहीं बनाया कि मैं किसी की मदद कर सकूँ।'' दुष्यंत ने बुझे स्वर में कहा।

''खुल कर कहो बच्चे; आज तुमने एक बाल ब्रह्मचारी की मदद की है, मैं तुमको वचन देता हूँ, भगवान् ने चाहा तो तुम्हारी हर तकलीफ दूर हो जायेगी।'' वृद्ध व्यक्ति ने विश्वास के साथ कहा।

दुष्यंत ने उस वृद्ध के चेहरे को गौर से देखा। वो बीमार और कमज़ोर नज़र आ रहा था।

''जो खुद इतनी दयनीय अवस्था में है वो तुम्हारी क्या मदद करेगा? यही सोच रहे हो न?'' वृद्ध ने ऐसा कहकर दुष्यंत के होश उड़ा दिए। वो यही सोच रहा था।

''मुझे कई सिद्धियाँ प्राप्त हैं, और मैं सामने वाले व्यक्ति के विचार पढ़ सकता हूँ।'' वृद्ध ने मुस्कराकर कहा।

''जी...जी, मेरा नाम दुष्यंत है।'' उसने हकला कर कहा।

''जानता हूँ; न जाने कितनी बार तुम अपना नाम अपने दिमाग में दोहरा चुके हो।'' वृद्ध के चेहरे पर मुस्कान कायम थी। ''मेरा नाम बाबा शम्भू है।'' वृद्ध ने अपना परिचय दिया।

दुष्यंत अभी भी असमंजस में था।

''मैं काशीपुर स्टेशन पर उतर जाऊँगा... अगर मुझ पर भरोसा हो तो वापस जाने से पहले रेलवे स्टेशन के पीछे जो शमशान है, वहाँ मिलने आ जाना; मैं वादा करता हूँ कि तुम्हारी सारी तकलीफें दूर कर दूँगा। मैं वहाँ दो दिन तक मिलूँगा और उसके बाद मुझे खुद नहीं पता कि मैं कहाँ चल दूँगा वृद्ध ने कहा। ''और चिंता नहीं करना, मुझे पैसे का कोई लालच नहीं है; यह बस वो एहसान उतारने के लिए जो तुमने आज मेरे टिकट के पैसे भर कर मुझ पर किया है।'' इतना कहकर वृद्ध चुप हो गया और पूरे रास्ते उनमें कोई बातचीत नहीं हुई।

काशीपुर पहुँचकर वृद्ध ने एक बार दुष्यंत की तरफ देखा तक नहीं और चुपचाप उतरकर चला गया। दुष्यंत ने अपना काम निपटाया और शाम को वापस रेलवे स्टेशन आ गया। गाड़ी आने में अभी लगभग आधा घंटा बाकी था। वृद्ध से हुई मुलाक़ात और उसके कहे शब्द दुष्यंत के कानों में गूँज रहे थे। काफी मानसिक तनाव और आंतरिक सवाल-जवाब के बाद उसने वृद्ध साधू से मिलने का फैसला किया और रेलवे स्टेशन के पीछे की तरफ चल पड़ा।

शाम घिर रही थी और अँधेरा छाने लगा था। थोड़ी दूर चलने के बाद उसे शमशान दिखाई देने लगा और दुष्यंत को डर महसूस होने लगा था। कई बार उसने सोचा कि वो पलटकर वापस चला जाए, परन्तु बार-बार उसे अपनी असफल ज़िन्दगी का एहसास होता रहा और अंत में उसने फैसला किया कि वो उस वृद्ध से मिलकर एक बार ज़रूर देखना चाहेगा कि आखिर वो उसके लिए क्या कर सकता है। दुष्यंत ने यही सोचा था कि अगर वो वृद्ध कुछ नहीं कर पाया तो वो इज़्ज़त से वापस चला जाएगा। उसके पास आखिर खोने के लिए बचा ही क्या था।

शमशान के अन्दर जाने वाली पगडण्डी पर रुककर उसने आखिरी बार सोचा और कदम आगे बढ़ा दिए। वो उस वृद्ध से मिलने का फैसला कर चुका था।

शमशान में एक चिता अभी भी सुलग रही थी और उसके पास ही

कुछ लोग बैठे हुए थे। शायद वे यह निश्चिन्त कर लेना चाहते थे कि कभी उनके करीब रहा व्यक्ति जब तक पूरी तरह राख न बन जाए, वो उसके साथ रहें।

दुष्यंत की निगाहें चारों ओर उस वृद्ध को तलाश रहीं थीं, जिसने अपना नाम बाबा शम्भू बताया था।

‘‘क्या मुझे तलाश रहे हो बेटा?’’ दुष्यंत के पीछे से किसी ने कहा।

दुष्यंत ने पलटकर देखा। बाबा शम्भू उसके पीछे ही था। उसने एक गेरुए रंग का लबादा पहना हुआ था और उसके मस्तक पर चन्दन का टीका नज़र आ रहा था।

‘‘हाँ बाबा, मैं आपको ही तलाश कर रहा था।’’ दुष्यंत ने खुद को सँभालते हुए कहा।

‘‘आओ वहाँ बैठकर बात करते हैं।’’ बाबा शम्भू ने एक पीपल के पुराने वृक्ष की तरफ इशारा करके कहा।

दोनों पेड़ के नीचे जाकर बैठ गए। पेड़ के नीचे एक बड़ा दीया जल रहा था, जो गहराते अन्धकार को रोशन करने में नाकाफी था। दूर से नज़र आ रही चिता के अंगारे साफ़ नज़र आ रहे थे। माहौल डरावना होने लगा था।

‘‘डरने की कोई ज़रूरत नहीं है; मेरे साथ तुम सुरक्षित हो।’’ बाबा शम्भू ने मुस्कुराते हुए कहा।

‘‘जी...जी बाबा।’’ दुष्यंत ने खुद को सँभालने की कोशिश की।

‘‘बताओ क्या चाहते हो मुझसे?’’ बाबा शम्भू ने सीधे सवाल पूछा।

‘‘बाबा, मैं बहुत परेशान हूँ; माता-पिता ने पाल-पोसकर लिखा-पढ़ाकर काबिल बनाने की पूरी कोशिश की, परन्तु आज भी मैं उन पर बोझ बना हुआ हूँ; बस आप ऐसा आशीर्वाद दें कि मेरी ज़िन्दगी पटरी पर आ जाये... मैं भी सुकून से जीना चाहता हूँ।’’ दुष्यंत ने हाथ जोड़कर कहा।

‘‘देखो बेटा, मेरे पास तुम्हारे लिए दो रास्ते हैं, ध्यान से सुनो और फैसला करके बताना कि तुम क्या चाहते हो।’’ बाबा ने दुष्यंत की आँखों में देखते हुए कहा। ‘‘पहला रास्ता सात्विक है। मैं तुमको एक पूजा बताऊँगा। पचास सोमवार तुमको मेरे बताये हुए तरीके से व्रत रखना होगा और व्रत की समाप्ति पर एक हवन करवाना होगा; उसके पश्चात तुमको मनचाही नौकरी मिल जायेगी और तुम चैन से जी पाओगे। दूसरा रास्ता तामसिक है। मैं तुमको कर्ण-पिशाचिनी सिद्ध करवा दूँगा और वो तुम्हारी हर इच्छा पूरी करेगी... बताओ तुम किस रास्ते जाना चाहोगे?’’ बाबा शम्भू ने कहा।

‘‘पचास हफ्ते? बाप रे! यह तो बहुत लम्बा समय है; आप मुझे कर्ण-पिशाचिनी की सिद्धि के बारे में बताइए; इसमें कोई ख़तरा तो नहीं है न? दुष्यंत ने पूछा। वो पिशाचिनी शब्द सुनकर थोड़ा डर गया था।

‘‘कर्ण-पिशाचिनी, माया का एक रूप है। वो बहुत सुन्दर और शक्तिशाली है और उसके करोड़ों रूप हैं। कलयुग में कर्ण-पिशाचिनी ही एक ऐसी शक्ति है जिसको साधना आसान है और फायदेमंद भी, क्योंकि वही एक ऐसी शक्ति है जो बिना कोई सवाल पूछे साधक की हर इच्छा पूरी करती है।’’ बाबा शम्भू ने कहा।

‘‘मुझे क्या करना होगा?’’ दुष्यंत ने पूछा।

‘‘तुमको उससे शादी करनी होगी।’’ बाबा शम्भू के जवाब ने दुष्यंत को चौंका दिया।

‘‘क्या...? क्या कहा आपने? शादी करनी होगी?’’ दुष्यंत ने हकलाते हुए पूछा।

‘‘सही सुना तुमने।’’ बाबा शम्भू ने कहा।

‘‘पर ऐसा कैसे हो सकता है? क्या वो साक्षात रूप में मेरे सामने आएगी? मैं कुछ समझ नहीं पा रहा हूँ।’’ दुष्यंत भौंचक्का था।

‘‘हाँ, वो साक्षात रूप में तुम्हारे सामने आएगी और तुम्हारे साथ रहेगी, परन्तु, तुम्हारे सिवा कोई उसको देख नहीं सकेगा।’’ बाबा शम्भू ने बताया।

''क्या आप उससे मिल चुके हो? आप इतने भरोसे से कैसे कह सकते हो?'' दुष्यंत को बाबा शम्भू की बातों पर भरोसा नहीं हो रहा था।

''हाँ वो मेरे साथ ही है।'' बाबा ने हँसते हुए कहा।

'कहाँ?' दुष्यंत ने चारों और नज़रें घुमाईं पर उसको कोई नज़र नहीं आया।

''मेरे करीब ही बैठी है वो।'' बाबा ने अपनी भवें उठाकर जवाब दिया।

''आपको लगता है, मुझे आपकी बात पर भरोसा होगा?'' दुष्यंत ने मुस्कराकर कहा।

''पूछो कोई भी सवाल, कुछ ऐसा जो बस तुमको पता हो।'' बाबा ने हवा में हाथ उठाकर कहा।

दुष्यंत ने अपने दिमाग पर जोर डाला और पूछा, ''बताइए मैंने अपने पिता की जेब से आखिरी बार कितने रुपये की चोरी की थी?'' दुष्यंत ने जानबूझकर ऐसा सवाल पूछा, जिसका जवाब बस वही जानता था।

बाबा ने दो पल के लिए आँखें बंद कीं और फिर खोल दीं। मुस्कराकर दुष्यंत की तरफ देखा और कहा, ''आठ रुपये और पचास पैसे।''

दुष्यंत का दिमाग जैसे सुन्न हो गया। ''आपको कैसे पता चला?''

''कर्ण-पिशाचिनी ने बताया...मेरे कान में।'' बाबा शम्भू ने अपने बाएँ कान पर हाथ रखकर कहा।

'असंभव!' दुष्यंत को वहाँ कोई नज़र नहीं आया।

''दुष्यंत, जो फैसला करना है जल्दी करो, मैं यह सब बस तुम्हारे एहसान को उतारने के लिए करना चाहता हूँ; अगर तुम भरोसा करने या न करने के चक्कर में पड़ना चाहते हो तो तुमको वापस चले जाना चाहिए।'' बाबा शम्भू ने सपाट स्वर में कहा।

''बाबा, मैं अपना जीवन सुधारना तो चाहता हूँ, पर एक पिशाचिनी से शादी करना और उसी के साथ जीवन बिताना, यह सब बड़ा अजीब लग रहा है।'' दुष्यंत समझ चुका था कि शम्भू बाबा चमत्कारी है और थोड़ा खीझ चुका है।

''क्या कहती हो कर्ण पिशाचिनी?'' बाबा ने शून्य में निहारते हुए पूछा। थोड़ी देर तक उसके भाव ऐसे रहे जैसे वो किसी की बात सुन रहा हो, और उसके पश्चात् दुष्यंत को देखकर कहा, ''पिशाचिनी तुम्हारी इच्छा जानना चाहती है।''

''मैं वास्तु के क्षेत्र में नाम कमाना चाहता हूँ... मैं वास्तु की विधा का उपयोग करके धन कमाना चाहता हूँ।'' दुष्यंत ने हाथ जोड़कर कहा।

बाबा ने पल भर शून्य को निहारा और कुछ देर बाद दुष्यंत से कहा, ''पिशाचिनी कहती है कि वो तुम पर इतनी कृपा कर देगी कि तुम खाने कमाने से लाचार नहीं रहो, परन्तु तुमको अगर बहुत सफलता और धन चाहिए तो तुमको उससे शादी करनी होगी।''

''बाबा, अभी तो मैं बस इतना चाहता हूँ कि मैं अपने माता-पिता पर बोझ न रहूँ; बस खाने-कमाने का रास्ता बन जाये तो मैं आपका बहुत एहसानमंद रहूँगा।'' दुष्यंत के हाथ अभी भी जुड़े हुए थे।

''तो तुम कर्ण पिशाचिनी से शादी नहीं करना चाहते?'' बाबा ने पूछा।

''नहीं बाबा।'' दुष्यंत ने कहा।

''ठीक है।'' बाबा ने कहा और चुप हो गया। उसको देखकर ऐसा प्रतीत होता था कि वो किसी की बात ध्यान से सुन रहा हो। थोड़ी देर बाद बाबा ने कहा, ''कर्ण पिशाचिनी तुमसे मिलकर तुमको आशीर्वाद देगी, और उसके बाद तुम कभी खाने-कमाने से लाचार नहीं रहोगे, क्या तुम तैयार हो?''

दुष्यंत काँप उठा। ''क्या उसका रूप डरावना है?'' उसने पूछा।

''असली रूप तो आज तक किसी ने नहीं देखा। वो तुम पर प्रसन्न

है और मैं उससे प्रार्थना करता हूँ कि वो तुमसे मोहिनी रूप में मिले।'' बाबा ने हवा में हाथ जोड़कर कहा।

''हा हा हा हा हा...'', किसी स्त्री के हँसने की आवाज़ से वातावरण गूँज उठा। दुष्यंत ने काँपते हुए चारों तरफ देखा पर उसे कोई नज़र नहीं आया। हँसने की आवाज़ थोड़ी कर्कश थी।

''मैं यहाँ हूँ।'' दुष्यंत को अपने पीछे से एक स्त्री स्वर सुनाई दिया।

दुष्यंत ने झट से पलटकर देखा। हरे रंग का लहँगा पहने एक स्त्री ठीक उसके पीछे थी। उसकी काया किसी कमसिन युवा लड़की के सामान थी। हाथ और शरीर के अन्य नज़र आ रहे अंग दूधिया सफ़ेद थे, पर उसका चेहरा चुनरी से ढका था।

''आओ कर्ण पिशाचिनी, तुम्हारा स्वागत है।'' बाबा शम्भू ने उसे अपने पास बैठने का इशारा किया।

वो स्त्री धीरे-धीरे चलते हुए बाबा के पास जाकर बैठ गई। उसकी पाजेब की आवाज़ किसी जलतरंग की तरह मधुर थी।

''दुष्यंत! यह है महाबलशाली और सबकी इच्छा पूर्ति करने वाली कर्ण पिशाचिनी; यह तुम्हारी सारी इच्छाओं की पूर्ति कर सकती है, जो माँगना है माँग लो, बस इतना याद रखना कि हर चीज़ की कीमत होती है, और एक बार तुमने जो भी वादा किया, वो तुमको निभाना पड़ेगा। अभी मैं यह तुम दोनों पर छोड़ता हूँ कि तुम लोग आपस में बात करके समाधान, रास्ते और कीमत तय कर सकते हो।'' शम्भु बाबा ने कहा।

दुष्यंत ने एक निगाह दोनों पर डाली। बाबा मुस्करा रहा था और पिशाचिनी बिलकुल सीधी बैठी थी। उसका चेहरा अभी भी नज़र नहीं आ रहा था।

कुछ पल शान्ति छाई रही।

''क्या चाहते हो दुष्यंत? बस खाना-कमाना या राजा जैसी ज़िन्दगी जीना? शम्भू बाबा मेरे सेवक हैं और मैं उनके बुलाने पर यहाँ आई हूँ... जो माँगोगे, वो मिलेगा, पर साथ में कीमत भी चुकानी

पड़ेगी।'' कर्ण पिशाचिनी ने कहा। उसकी आवाज़ मानो हवा में तैर रही थी।

"मुझे बस इस काबिल बना दो कि मैं वास्तु के ज्ञान को समझ सकूँ और उस ज्ञान के सहारे मेरी रोज़ी-रोटी चलती रहे।'' दुष्यंत ने हाथ जोड़कर कहा।

''जैसी तुम्हारी इच्छा।'' कर्ण पिशाचिनी ने कहा। उसका स्वर सर्द था। ''अपना दाहिना हाथ मेरे हाथ पर रखो।'' पिशाचिनी ने अपनी हथेली फैला दी। उसके गुलाबी हाथों में लाल कंगन थे। नाखून लम्बे और खूबसूरत थे। ऐसा लगता था कि उनको कुशलता से तराशा गया था।

दुष्यंत ने काँपते हुए अपना हाथ पिशाचिनी की हथेली पर रख दिया। कुछ पल तक कुछ नहीं हुआ। पिशाचिनी कुछ बुदबुदा रही थी पर दुष्यंत कुछ भी समझ न सका। वो कोई अनजान भाषा थी। कुछ समय तक ऐसा करने के बाद पिशाचिनी ने दूसरे हाथ की उँगलियों को दुष्यंत के हाथ पर फिराना शुरू कर दिया। दुष्यंत को गुदगुदी का एहसास हुआ पर वो चुपचाप बैठा रहा। तभी अचानक पिशाचिनी ने अपने अँगूठे और तर्जनी उँगली से दुष्यंत के हाथ को ऐसे पकड़ लिया जैसे केकड़ा अपने शिकार को पकड़ता है। दुष्यंत के मुँह से चीख निकल पड़ी। वो चिल्लाना चाहता था, पर उसकी आवाज़ घुटती चली गई। वो अपना हाथ पिशाचिनी की पकड़ से निकालना चाहता था, पर उसका शरीर जड़ हो चुका था। वो अपनी मर्ज़ी से हिल भी नहीं सकता था। वो पूरे होशोहवास में था और सब कुछ देख-सुन और महसूस कर सकता था। पिशाचिनी के तीखे नाखून दुष्यंत की हथेली में धँसने लगे और खून की फुहार बहने लगी। दुष्यंत को अब दर्द भी नहीं हो रहा था। पिशाचिनी ने दूसरे हाथ की हथेली में खून जमा करना शुरू कर दिया और शीघ्र ही उसकी हथेली दुष्यंत के खून से लबालब भर गई और पिशाचिनी ने उस खून से भरी हथेली को अपने मुँह की तरफ ले जाना शुरू किया। उसका हाथ उसके घूँघट में गायब हो गया और ऐसी आवाज़ आई जैसे कोई हथेली में भरकर कुछ पीता है। पिशाचिनी

दुष्यंत का खून पी रही थी। दुष्यंत जड़ बैठा यह सब देख रहा था, पर उसके बस में कुछ नहीं था। कुछ ही पलों के बाद पिशाचिनी ने अपने घूँघट में से हाथ बाहर निकाला। हाथ बिलकुल साफ़ था, बस उसका अँगूठा अभी भी खून से रँगा था। पिशाचिनी ने उस अँगूठे से दुष्यंत के मस्तक पर तिलक किया और दुष्यंत का हाथ छोड़ दिया।

''अभी मैं तुम्हें बोलने की शक्ति वापस देती हूँ... बताओ तुम जिस दिशा में बैठे हो, क्या वो दिशा सात्विक कार्यों के लिए उपयुक्त है?'' पिशाचिनी ने दुष्यंत से पूछा।

दुष्यंत ने चारों और देखना चाहा, पर वो अपनी गर्दन नहीं हिला सका। उसने अपनी आँखों की पुतलियों को घुमाकर चारों ओर का जायजा लिया और कहा, ''नहीं, यह दिशा सात्विक कार्यों के लिए बिलकुल भी उपयुक्त नहीं है; इस दिशा में बैठकर तो सिर्फ तामसिक क्रियाएँ हो सकती हैं।''

''मैंने तुम्हारी इच्छा पूरी कर दी है; अब तुम वास्तु और दिशाओं के ज्ञान में माहिर रहोगे और इस ज्ञान के सहारे तुम खा-कमा सकोगे।'' पिशाचिनी ने कहा।

'धन्यवाद', दुष्यंत ने कहा। ''क्या अब आप मुझे कृपा कर के हिलने-डुलने की शक्ति वापस प्रदान करेंगी? मैं बहुत असहज महसूस कर रहा हूँ।''

''ज़रूर! पर उससे पहले तुमको मुझे मेरे आशीर्वाद की कीमत देनी होगी।'' पिशाचिनी ने हँसते हुए कहा। वो हँसी बहुत कुटिल थी।

''क्या कीमत चाहिए आपको?'' दुष्यंत ने हकलाते हुए पूछा।

''खून और हड्डी।'' पिशाचिनी ने सर्द स्वर में कहा।

''क्या...क्या मतलब?'' दुष्यंत काँप उठा।

''मैंने तुम्हारी इच्छा पूरी की है; उसकी कीमत मुझे तुम्हारे शरीर से हड्डी और खून के रूप में चाहिए।'' पिशाचिनी ने कुटिल स्वर में कहा।

''नहीं...मुझे तुम्हारी शक्ति नहीं चाहिए, तुम इसको वापस ले

लो।'', दुष्यंत बस वहाँ से उठकर भाग जाना चाहता था, परन्तु उसका शरीर जड़ था। वो हिल भी नहीं सकता था।

''अब ये शक्ति तुमसे कोई भी वापस नहीं ले सकता; ये तुम्हारे साथ रहेगी, मरते दम तक।'' पिशाचिनी ने कहा।

''पर कीमत के रूप में आपको मेरी हड्डी और खून चाहिए, यह बात आपको पहले बतानी चाहिए थी।'' दुष्यंत ने डरते हुए कहा।

''तुमको पहले पूछना चाहिए था; तुमको पहले ही बता दिया गया था कि मेरी मदद से हुआ हर काम एक कीमत के साथ होता है।'' पिशाचिनी का स्वर डरावना होता जा रहा था। उसका चेहरा अभी तक नज़र नहीं आया था।

''दुष्यंत! मान जाओ, नहीं तो मैं भी पिशाचिनी को शांत नहीं कर पाऊँगा'', बाबा शम्भू ने कहा।

''बाबा, आपने मुझे धोखा दिया है।'' दुष्यंत ने नफरत भरे स्वर में कहा।

''नहीं, मैंने पहले ही तुमको आगाह कर दिया था।'' बाबा शम्भू ने कहा।

''शम्भू, क्यों न मैं इसका सर काटकर इसके मुंड में खून पिऊँ?'' पिशाचिनी ने हँसते हुए पूछा।

दुष्यंत अन्दर तक काँप उठा।

''दुष्यंत, तुम्हारे पास आखिरी मौका है; अपने शरीर का कोई भी अंग अपनी मर्ज़ी से पिशाचिनी को दे दो, नहीं तो यह खुद चुन कर ले लेगी, और फिर तुम्हारी जान भी जा सकती है।'' बाबा शम्भू ने चेतावनी भरे स्वर में कहा।

दुष्यंत का दिमाग सुन्न पड़ता जा रहा था। वो बुरी तरह से फँस चुका था, और उसे अपनी जान बचाने का कोई न कोई रास्ता ढूँढ़ना ही था। ''मैं तैयार हूँ...मैं तैयार हूँ; तुम मेरी आधी कनिष्ठा उँगली ले लो।'' दुष्यंत ने लगभग चिल्लाकर कहा।

''जैसी तुम्हारी मर्ज़ी... जो तुमने प्यार से दिया वो मुझे क़ुबूल है।'' कहकर पिशाचिनी ने दुष्यंत के बाएँ हाथ को पकड़ा और उसकी कनिष्ठा उँगली को अपने अँगूठे और तर्जनी उँगली के नाखूनों से आहिस्ता से पकड़ लिया। दुष्यंत को किसी दर्द का एहसास नहीं था। उसका शरीर जड़ और नम था। वो बस चीज़ों को देख और सुन सकता था। पिशाचिनी ने अपने नाखूनों का दबाव बढ़ाया, और एक झटके से दुष्यंत की आधी कनिष्ठा उँगली उसके हाथ से ऐसे अलग हो गई, जैसे तेज़ चाकू की धार से सब्जी काट दी जाती है। खून का फव्वारा छूट पड़ा। दुष्यंत को तनिक भी दर्द का एहसास नहीं हुआ था, परन्तु अपने शरीर से निकलते खून के प्रवाह को देखकर वो अधिक समय तक अपने होशोहवास कायम न रख सका और उसकी चेतना जाती रही। वो एक कटे वृक्ष की तरह लुढ़क गया।

जब दुष्यंत को होश आया तब दोपहर हो चुकी थी और वो एक पीपल के वृक्ष के नीचे था। उसको सब कुछ स्मरण हो आया और उसने अपने बाएँ हाथ की तरफ देखा। उसकी आधी कनिष्ठा उँगली कटी हुई थी और उस पर एक पट्टी बँधी थी। उसने चारों और देखा, परन्तु शम्भू बाबा और पिशाचिनी का नामो-निशान तक नहीं था।

उस दिन के बाद से चमत्कारी रूप से दुष्यंत को वास्तु का गुप्त ज्ञान हासिल हो गया। जो उसने कभी पढ़ा तक नहीं था, वो भी उसको समझ आने लगा। उसको काम मिलने लगा और उसकी ज़िन्दगी पटरी पर आ गई। शीघ्र ही वो उस हादसे को भूल गया और अपनी ज़िन्दगी में मग्न हो गया।

पर उसको क्या पता था कि कर्ण-पिशाचिनी से उसका फिर से मिलना होगा।

* * *

दुष्यंत अपने भूतकाल से निकलकर वर्तमान में वापस आया, और उसने अपनी आधी कटी कनिष्ठा ऊँगली की तरफ देखा। उसने गहरी साँस ली और उठ बैठा। उसने घड़ी की तरफ नज़र डाली। तीन बज चुके थे। दुष्यंत की आँखों से नींद कोसों दूर थी। वो सिगरेट

सुलगाकर खिड़की पर खड़ा हो गया। खिड़की पर पहुँचते ही उसको उस लड़की का स्मरण हो आया, जो उसको रात को घूमती मिलती थी। उसने अँधेरे में नज़रें घुमाईं पर कुछ नज़र नहीं आया। उस रात कोहरा भी बहुत था और ज्यादा दूर तक दिखाई भी नहीं दे रहा था। लगभग आधी सिगरेट ख़त्म हो चुकी थी और लड़की का कहीं अता-पता नहीं था। दुष्यंत ने निराश होकर आखिरी बार उस लड़की को देखने की कोशिश की। इस बार उसको सड़क के किनारे आग जली नज़र आई। उसके पास कोई बैठा था। दुष्यंत साफ़-साफ़ नहीं देख सका कि वो कौन था, पर आग वहीं जल रही थी जहाँ पर वो लड़की उसको मिला करती थी।

"हो न हो यह वही लड़की है... ठण्ड की वजह से उसने आग जला ली होगी, मुझे जाकर देखना चाहिए, सोचकर दुष्यंत ने अपना कोट उठाया और बाहर की तरफ चल दिया। हालाँकि उसको उस लड़की के होने की संभावना न के बराबर लग रही थी, परन्तु उस खूबसूरत लड़की के करीब रहना उसको अच्छा लगने लगा था और वो उससे मिलने का कोई मौका नहीं छोड़ना चाहता था।

शीघ्र ही वो घर के पीछे वाली सड़क पर था और धीरे-धीरे चलता हुआ आग के करीब पहुँच रहा था। अब वो थोड़ा बेहतर देख सकता था। आग के पास ही एक औरत बैठी थी। उसने काले लबादे से खुद को ढँका हुआ था। ठण्ढ बहुत थी और दुष्यंत अपने गरम कोट में भी काँप रहा था। दुष्यंत को निराशा हुई, क्यूँकि यह वो खूबसूरत लड़की नहीं थी। उसने एक पल वापस जाने के बारे में सोचा, परन्तु तभी उसने कुछ पल आग की गर्मी में बदन गरम करने की सोची। वो चलता हुआ आग के करीब पहुँचा। उस औरत की पीठ उसकी तरफ थी।

"आप बुरा न मानें तो क्या मैं कुछ देर आग ताप सकता हूँ?" दुष्यंत ने पूछा।

उस औरत ने पलटकर देखा। उसका चेहरा हड्डियों से भरा था, और उसके सूखे होंठ फटे हुए थे, जिनमें से खून रिस रहा था। उसके सर के बाल आधे काले और आधे सफ़ेद थे।

दुष्यंत ने अपने शरीर में कँपकपी सी महसूस की।

''बैठ जाओ, मेरा क्या जायेंगा।'' कहकर उस औरत ने वापस अपना सर घुमा लिया।

दुष्यंत को आवाज़ जानी-पहचानी सी लगी, पर उसने कुछ नहीं कहा और पास ही पड़े एक पत्थर पर बैठकर आग तापने लगा।

''आप यहाँ ठण्ढ में क्या कर रही हैं? वो भी आधी रात में?'' दुष्यंत ने पूछा।

''यह सवाल मैं भी तो कर सकती हूँ।'' उस औरत ने सपाट स्वर में कहा।

दुष्यंत उसके लिए तैयार नहीं था और सकपकाकर रह गया। ''नहीं, मेरा आपको परेशान करने का कोई मतलब नहीं था, मैं तो यहाँ अपनी एक दोस्त से मिलने आया था... वो तो मिली नहीं, आप नज़र आ गयीं।'', दुष्यंत ने कहा।

'दोस्त?' औरत ने पूछा।

''जी हाँ, वो रात को यहीं पर घूमती है; उसको भी मेरी तरह नींद नहीं आने की बीमारी लगती है।'' दुष्यंत ने हँसते हुए कहा।

''रात में तो भूत-पिशाच घूमते हैं।'' उस औरत ने सर्द आवाज़ में कहा।

'जी?' दुष्यंत ने चौंककर कहा।

''रात में नींद नहीं आना, सड़कों पर घूमना, वो भी कब्रिस्तान के पास; यह तो इंसानों के लक्षण नहीं हैं।'' वो औरत दुष्यंत के आँखों में देखते हुए बोली।

''आप भी तो यहाँ बैठी हैं, इसका मतलब आप भी इंसान नहीं हैं?'' दुष्यंत ने हँसते हुए कहा।

''हो सकता है।'' उसके चेहरे पर एक अजीब सी मुस्कान थी।

दुष्यंत को उसकी आवाज़ बहुत जानी-पहचानी लग रही थी, पर वो समझ नहीं पा रहा था कि वो आवाज़ इससे पहले उसने कहाँ सुनी

थी।

''चले जाओ यहाँ से! तुम जिस काम को करने यहाँ आये हो वो कभी नहीं होगा; किसी और की गलती की सजा तुम क्यों भुगतना चाहते हो, जाओ यहाँ से; तुम्हारे माता-पिता भी यही चाहते हैं।'' उस औरत ने गुस्से भरे स्वर में कहा। उसकी आवाज़ घुटी हुई सी थी।

दुष्यंत के दिमाग में जैसे विस्फोट हुआ। यह आवाज़...वो उस आवाज़ को पहचान चुका था। यह उसी लड़की की आवाज़ थी, जिससे वो पिछली दो रातों से मिल रहा था। वो अपनी जगह से उठ खड़ा हुआ। ''कौन...कौन हो तुम? मैं तुमको पहचान चुका हूँ; तुम्हीं वो लड़की हो जो मुझसे रात में मिलती हो... कौन हो तुम? क्या चाहती हो मुझसे?'' दुष्यंत के पैर काँप रहे थे।

''मैं तुम्हारी भाभी हूँ, चरण-स्पर्श नहीं करोगे?'' कहते हुए उस औरत ने अपना लहँगा उठाकर पैर आगे बढ़ा दिए।

दुष्यंत को तो जैसे साँप सूँघ गया। उसके दोनों पैरों में उँगलियाँ थीं ही नहीं। दोनों पैरों में सोने की पाजेब जगमगा रही थी।

दुष्यंत की तो जैसे साँस ही रुक गई थी। उसने अपने दो कदम पीछे हटा लिए।

वो औरत भी खड़ी हो गई और दो कदम आगे बढ़ी। वो हवा में तैर रही थी। उसके पैर ज़मीन से कुछ इंच ऊपर थे। दुष्यंत सिहर उठा।

''क्या चाहती हो मुझसे?'' दुष्यंत ने हिम्मत सहेजकर पूछा।

''चले जाओ यहाँ से।'' औरत ने कहा।

''और अगर नहीं गया तो?''

''तो मारे जाओगे।'' औरत का स्वर सर्द था।

''मैं यहाँ किसी का बुरा करने नहीं आया हूँ, बस अपने दोस्त के बँगले का वास्तु सही करवाकर मुझे चले जाना है; आपको तकलीफ देने का मेरा कोई मकसद नहीं है।'' दुष्यंत ने अपने स्वर में हिम्मत दिखाने की कोशिश की।

''वही मैं नहीं चाहती, चले जाओ यहाँ से।'' औरत ने चिल्लाकर कहा।

"क्यों नहीं चाहतीं? मेरे दोस्त से तुम्हारा क्या लेना-देना है? उसके घर के वास्तु से तुम्हें क्या मतलब?'' दुष्यंत ने पूछा।

"तुम ऐसे मानने वालों में से नहीं हो, मैं तुम्हें अभी ख़त्म कर दूँगी।'' औरत के चेहरे के हाव-भाव बदलने लगे और उसके फटे होंठों के बीच से लम्बे दाँत बाहर आने लगे। उसके नाखून बढ़ने लगे और तेज़ चाकुओं के समान नज़र आने लगे।

दुष्यंत ने पलटकर भागना चाहा, परन्तु जड़ होकर रह गया।

वो भयानक औरत उसकी तरफ बढ़ रही थी और दुष्यंत को ठण्ढ में भी पसीना आ रहा था। उसके पास समय बहुत कम था और उसको कुछ करना था। वो औरत उसके इतने करीब आ चुकी थी कि वो उसकी साँस की बदबू महसूस कर सकता था। तभी उसके दिमाग में उसके पिता का चहरा कौंधा और उन्होंने उससे कहा ''दुष्यंत, महामृत्युंजय मन्त्र का जाप करो।''

दुष्यंत ने तुरंत ही महामृत्युंजय मंत्र का जाप करना प्रारम्भ कर दिया

ॐ त्र्यम्बकं यजामहे सुगन्धिं पुष्टिवर्धनम् ।

उर्वारुकमिव बन्धनात् मृत्योर्मुक्षीय मामृतात् ..

उस औरत ने बढ़ते हुए कदम रोक लिए और पीछे हटना शुरू कर दिया। दुष्यंत ने जोर-जोर से मंत्र का जाप करना शुरू कर दिया। उसका शरीर मुक्त हो गया। अब वो अपना शरीर हिला सकता था। उसने भी पीछे हटना शुरू किया। औरत भी लगातार पीछे हट रही थी। तभी एक धमाके के साथ औरत हवा में उठी और अँधेरे की तरफ उड़ती हुई हवा में गायब हो गई।

दुष्यंत पसीने में लथपथ था। वो घर की तरफ वापस चल पड़ा। वो अभी भी महामृत्युंजय मंत्र बुदबुदा रहा था। आज जो उसने देखा थ, वो उसके लिए एक दुःस्वप्न से कम नहीं था। वो समझ चुका था कि देव

ने ज़रूर कुछ ऐसा किया था जो कर्ण-पिशाचिनी से जुड़ा था। वो खुद बीते समय में कर्ण-पिशाचिनी से रूबरू हो चुका था। पर जिससे वो मिला था, क्या वो कर्ण-पिशाचिनी थी या कोई और आत्मा या पिशाचिनी उसके सामने आई थी? उसके दिमाग में हजारों सवाल गूँज रहे थे, परन्तु उसके पास उनमें से किसी भी सवाल का जवाब नहीं था।

वो तेज़ क़दमों से चलता हुआ बँगले में दाखिल हो गया। वो कड़ी ठण्ढ में भी पसीने में लथपथ था।

* * *

जैसे ही दुष्यंत ने अपने कमरे में कदम रखा, उसे देव के कमरे से चिल्लाने की आवाजें सुनाई दीं। देव जोर-जोर से चिल्ला रहा था। दुष्यंत भागकर देव के कमरे की तरफ लपका। चिल्लाने की आवाजें इतनी तेज़ थीं कि बाहर सुरक्षा में तैनात सुरक्षाकर्मी भी अन्दर चले आये थे। देवकी, देव के शयनकक्ष के बाहर खड़ी दरवाजा खटखटा रही थी, पर देव दरवाज़ा नहीं खोल रहा था। अन्दर से बस उसके चिल्लाने की आवाजें आ रही थीं।

''क्या हुआ?'' दुष्यंत ने पूछा।

''पता नहीं साहब; देव साहब के चिल्लाने की आवाज़ सुनकर मेरी नींद खुली और मैं यहाँ आ गई।

''देव दरवाज़ा खोलो!'', दुष्यंत ने चिल्लाकर कहा।

देव की तरफ से कोई उत्तर नहीं मिला, और अन्दर से चिल्लाने की आवाजें आती रहीं।

''तोड़ दो दरवाज़ा।'' दुष्यंत ने दोनों सुरक्षाकर्मियों को आदेश दिया।

दोनों सुरक्षाकर्मियों ने दरवाज़े पर धक्के मारना शुरू कर दिया, और कुछ देर बाद दरवाज़ा चरमराकर खुल गया। दरवाज़े की कड़ी टूट चुकी थी। सभी लोग लपककर अंदर घुसे, और उन्होंने जो देखा वो उनकी आत्मा को झकझोरने के लिए काफी था।

देव, कमरे के एक कोने में दुबका बैठा था और कृष्णा का कहीं

अता-पता नहीं था। कमरे का सारा सामान अस्त-व्यस्त था, जैसे किसी ने वहाँ सब कुछ उलट-पलट दिया हो। कीमती काँच का सामान टूटा पड़ा था और चादरें ऐसे फट चुकी थीं जैसे किसी ने उनको कैंची से काट डाला हो।

''क्या हुआ देव? भाभी कहाँ हैं? दुष्यंत ने देव को सहारा देते हुए पूछा।

देव बुरी तरह काँप रहा था। उसने काँपते हुए एक हाथ हवा में उठाया और कमरे की छत की तरफ इशारा किया। सभी लोगों की नज़रें छत की तरफ उठीं और सभी उस नज़ारे को देख कर काँप उठे।

छत पर लगे पंखे के करीब कृष्णा अपने हाथ-पैरों के बल किसी छिपकली की भाँति चिपकी हुई थी। उसके बाल खुले थे और नीचे की तरफ झूल रहे थे। वो शांत थी, पर जोर-जोर से साँसें ले रही थी। उसकी साँसों का प्रवाह इतना तेज़ था कि उसके पास छत पर लटक रहा पंखा भी उसकी साँसों के प्रवाह से हिल रहा था। उसकी आँखें बंद थीं और मुँह खुला था, जिसमें से लार टपककर नीचे गिर रही थी। वो दृश्य किसी के भी होश उड़ाने के लिए काफी था।

''यह क्या है?'' एक सुरक्षाकर्मी बोला। उसके स्वर में से डर साफ़ झलक रहा था।

''शांत रहो सब।'', दुष्यंत ने कहा। कमरे में सिर्फ कृष्णा की साँसों की आवाजें गूँज रही थीं। डर के मारे सबका बुरा हाल था और सर्दी के मौसम में भी सब पसीने से भीगे हुए थे।

दुष्यंत को कुछ नहीं सूझ रहा था। उसका दिमाग तेज़ी से काम कर रहा था। वो समझ चुका था कि कृष्णा पर किसी शैतानी आत्मा ने कब्ज़ा कर लिया है, और उसकी प्राथमिकता सबसे पहले कृष्णा को बचाना था।

''कौन हो तुम और क्या चाहते हो? इस निर्दोष औरत ने तुम्हारा क्या बिगाड़ा है?'' दुष्यंत ने छत की तरफ देखकर पूछा।

''हूँ...हूँ...हूँ...'' कृष्णा के मुँह से बस इतना सुनाई दिया। वो

जैसे किसी जानवर की तरह गुर्रा रही थी।

“मैंने पूछा कौन हो तुम?” दुष्यंत इस बार चिल्लाया।

“तेरा इस सब से कुछ लेना देना नहीं है, चला जा यहाँ से।” कृष्णा के मुँह से निकला। यह आवाज़ उसकी नहीं थी। दुष्यंत को यह पहचानने में एक पल भी नहीं लगा कि वो आवाज़ उसी लड़की की थी जो उसे रात के अँधेरे में कब्रिस्तान वाली सड़क पर मिला करती थी।

“न चाहते हुए भी मैं इस मामले में आ चुका हूँ; यह मेरे मित्र का मामला है, और मैं तब तक यहाँ से नहीं जाऊँगा जब तक ये सब ख़त्म नहीं हो जाता।” दुष्यंत ने कहा।

कृष्णा अभी भी उसी अवस्था में थी और हिली तक नहीं थी। यह कोई चमत्कार ही था कि वो एक छिपकली की तरह छत से चिपकी हुई थी।

“मौत इतनी प्यारी है...जैसी तेरी मर्ज़ी।” कहते हुए कृष्णा ने एक छलाँग भरी और हवा में उड़ते हुए दुष्यंत की तरफ लपकी।

दुष्यंत ने एक पल के भीतर उसके उड़ने की दिशा को भाँपते हुए अपनी जगह से छलाँग लगाई और पलंग पर जाकर गिरा। कृष्णा अब उस जगह खड़ी थी जहाँ एक पल पहले दुष्यंत था। कमरे में मौजूद बाकी लोग यह सब देखकर सदमे जैसी अवस्था में थे और उनकी साँसें जैसे गले में अटकी थीं।

“यह मेरा घर है; मुझे यहाँ बुलाया गया है, और मैं यहीं रहूँगी।” कृष्णा गुर्रा रही थी। उसका शरीर काँप रहा था और अजीब तरह से ऐंठा हुआ था। ऐसा लगता था कि उसके शरीर में खून नाम की चीज़ ही नहीं बची थी। उसका रंग पीला पड़ चुका था।

“मुझे बताओ तुम कौन हो और क्या चाहती हो? मैं वादा करता हूँ, हमसे जो बन पड़ेगा हम वो करेंगे।” दुष्यंत ने पलंग से उठकर खड़े होते हुए कहा।

“ऐ तुच्छ पुरुष! तू जो भी है, मैं अच्छी तरह से जानती हूँ; चला जा यहाँ से, तू कुछ नहीं कर सकेगा, और अगर इस चेतावनी के बाद

भी यहाँ रहा तो अपनी मौत का ज़िम्मेदार खुद होगा।'' कृष्णा का शरीर हवा में थोड़ा ऊपर उठ चुका था।

"मैं जानता हूँ, तुम वही हो जो मुझे अभी कब्रिस्तान वाली सड़क पर मिली थी; तुम्हीं मुझसे एक सुन्दर लड़की के रूप में मिलती रही हो। मैं जानना चाहता हूँ कि तुम कौन हो और क्या चाहती हो? मेरे मित्र देव और उसकी पत्नी से तुम्हारा क्या लेना-देना है?'' दुष्यंत निर्भीक स्वर में बोला, ''मुझे मृत्यु का भय मत दिखाओ; तुम जानती हो मैं मौत को गले लगाने को तैयार था... मुझे मौत के नाम से डर नहीं लगता। अगर मुझे मारकर तुमको संतुष्टि मिलती है तो आओ, मार डालो मुझे, पर उसके बाद तुम्हें यह घर छोड़कर जाने का वादा करना होगा।"

"तुम्हारी मृत्यु से मुझे कोई फायदा नहीं होगा; बस इसे आखिरी चेतावनी समझना; तुम मरोगे भी और मैं यह घर भी छोड़कर नहीं जाऊँगी। यह सब मैं अपनी खुशी से नहीं कर रही हूँ, यह सब करने के लिए मुझे मजबूर किया जा रहा है... मैं वापस आऊँगी...मैं वापस आऊँगी...।'' कहते हुए कृष्णा बेहोश होकर ज़मीन पर गिर पड़ी और माहौल शांत हो गया। हवा में से सर्दी ख़त्म हो गई, जो इस बात का इशारा था कि वो आत्मा कृष्णा का शरीर छोड़कर जा चुकी थी। दुष्यंत ने लपककर कृष्णा को सँभाला। बाकी लोग अभी भी सदमे से बाहर नहीं आ पाए थे और अपनी जगह पर खड़े अपने आप पर काबू पाने की कोशिश कर रहे थे।

* * *

सुबह के नौ बजे थे। देव के शयनकक्ष में कृष्णा बिस्तर पर अधलेटी अवस्था में बैठकर चाय पी रही थी। दुष्यंत और देव उसके पास ही कुर्सियों पर बैठे थे।

"देव! बहुत हो गया; इससे पहले कि बहुत देर हो जाये, तुमको वो सब बताना होगा जो तुमने अब तक छुपाकर रखा है।'' दुष्यंत गुस्से में था।

"नहीं, मैंने कुछ नहीं छुपाया है।'' देव ने हकलाते हुए कहा। वो

दुष्यंत से नज़रें नहीं मिला पा रहा था।

''झूठ मत बोलो देव! यहाँ बात हद से आगे बढ़ती जा रही है... आज जो हुआ वो बस एक चेतावनी भर थी। तुमने कुछ तो ऐसा किया है जो सही नहीं था; मैं चाहता हूँ कि जिस भरोसे पर तुमने मुझे यहाँ बुलाया है उस भरोसे का सम्मान करो और मुझे सब कुछ विस्तार से बताओ, मैं वादा करता हूँ कि जो भी तुम कहोगे वो इस कमरे के अन्दर ही रहेगा और कभी-कोई इस बारे में नहीं जान पायेगा। मैं तुम्हारी मदद करना चाहता हूँ और इसके लिए मुझे तुम्हारे सहयोग की ज़रूरत है'', दुष्यंत ने प्यार से देव के हाथ पर हाथ रखकर कहा।

''मैंने कहा न दुष्यंत, मैं कुछ नहीं छुपा रहा हूँ।'' देव ने खीझ कर कहा।

''झूठ मत बोलो देव!'' दुष्यंत चिल्ला पड़ा। ''यहाँ तुम्हारी पत्नी की जान खतरे में है; उस आत्मा ने मुझे जान से मारने की धमकी दी है और तुम हो कि स्वार्थी होने की हद पार कर रहे हो, शर्म आनी चाहिए तुमको। अगर तुम कुछ नहीं जानते हो तो क्यों तुमने बँगले के पीछे वाले कमरे को बंद करके रखा है? निल्वंती ग्रन्थ और कर्ण-पिशाचिनी मन्त्र साधना से सम्बंधित दस्तावेज़ तुम्हारे पास क्या कर रहे हैं? तुम्हारे बँगले के वास्तु में जो भी परिवर्तन किये गए हैं, वे परिवर्तन घातक हैं; तुम्हारे बँगले को जानबूझकर ऐसा बनाया गया है कि धन के देवता कुबेर का यहाँ आगमन रहे, परन्तु यह मत भूलो कि कुबेर के साथ यक्ष और यक्षिणी भी आते हैं जो कि उनके सेवक और सेविकाएँ हैं; बंद करो अपने झूठ का स्वांग और बता दो सब कुछ... अपनी पत्नी और मित्र पर इतना एहसान करो कि वे तुम्हारे काम आ सकें; अपने साथ-साथ हमारी जान खतरे में मत डालो।'' दुष्यंत ने तैश में कहा।

देव का चेहरा सफ़ेद पड़ चुका था। ''मैं डरा हुआ हूँ; अगर मैंने कुछ भी कहा तो वो मुझे मार डालेगी।''

''अगर कुछ नहीं बताओगे तब भी मरना ही पड़ेगा; अगर बताओगे तो शायद हम साथ मिलकर कोई रास्ता निकाल सकें। इतना याद रखो, वो जो भी है, धीरे-धीरे बेकाबू होती जा रही है; उसे सब कुछ

पता है, और इतना तो मैं समझ ही चुका हूँ कि वो कोई साधारण आत्मा नहीं है... वो जो कुछ भी है, बहुत शक्तिशाली है। बोलो मित्र, सब कुछ सच-सच बताओ और हम मिलकर इस चीज़ का मुकाबला करेंगे; अगर इसमें मेरी जान भी चली गई तो मुझे गम नहीं होगा।'' दुष्यंत ने देव के कंधे पर हाथ रखकर कहा।

देव यादों में खो गया और उसने अपनी आपबीती बताना शुरू किया

देव बहुत परेशान था। बम्बई नगरी में आये उसको चार महीने बीत चुके थे, परन्तु उसको कोई भी अभिनय करने का मौका देने को तैयार नहीं था। जहाँ भी वो जाता था, या तो निर्माता-निर्देशक उससे मिलने को ही तैयार नहीं होते थे, और अगर मिलते भी थे तो उनको देव का चेहरा और व्यक्तित्व एक नायक जैसा नहीं लगता था। एक-दो फिल्मों में उसको काम करने का मौका मिला, परन्तु वो भीड़ का हिस्सा भर था। मनोज कुमार, जीतेन्द्र, धर्मेन्द्र, राजेश खन्ना, देव आनंद और अमिताभ बच्चन जैसे अभिनेता निर्माता-निर्देशकों की पहली पसंद बने हुए थे और कोई भी देव जैसे नए अभिनेता पर पैसा लगाने को तैयार नहीं था।

देव अपने घर से जो पैसे लाया था वो लगभग ख़त्म हो चुके थे और वह बहुत निराश हो चुका था, और उसको समझ आ चुका था की बम्बई में कोई उसकी कला का कद्रदान नहीं है, और उसने न चाहते हुए भी अपनी मजबूरियों को समझते हुए वापस जाने का फैसला कर लिया था।

दिल में दर्द समेटे, निराश और हताश देव वापस अपने शहर देहरादून वापस आ गया। वो बेरोजगार था और बहुत निराश था। बम्बई में जो हुआ था वो उसको मानसिक रूप से तोड़ चुका था। उसको अपनी अभिनय क्षमता पर शक होने लगा था, परन्तु वो चाहते हुए भी कुछ और नहीं करना चाहता था। अभिनय उसका पहला प्यार था और वो एक अभिनेता के तौर पर ही अपना भविष्य बनाना चाहता था लेकिन उसको कोई रास्ता नज़र नहीं आ रहा था।

एक सुबह देव, अखबार के पन्ने पलट रहा था कि उसकी नज़र एक विज्ञापन पर पड़ी। कोई भी काम, कैसी भी रुकावट, ऊपरी भूत-प्रेत बाधा आदि का शर्तिया इलाज़। अड़तालीस घंटे के अन्दर परिणाम नहीं तो पैसे वापस। अगर आपका कोई भी काम रुका हुआ है या कोई अड़चन है, आज ही मिलें और जादुई इल्म से अड़तालीस घंटे में असर देखें। देव ने उस विज्ञापन को कई बार पढ़ा और विज्ञापन में दिए पते पर चल दिया। वो असमंजस में था, पर पता नहीं क्यों, उसके कदम अपने-आप ही उस तांत्रिक से मिलने के लिए बढ़ गए थे।

शीघ्र ही देव एक टूटे-फूटे से मकान के सामने खड़ा था। वहाँ लोगों का हुजूम लगा हुआ था और अन्दर से चिल्लाने की आवाजें आ रही थीं। देव चुपचाप तमाशबीनों के बीच खड़ा हो गया। कुछ देर तक चिल्लाने की और गालियों की आवाजें गूँजती रहीं और फिर कुछ देर बाद तीन-चार लोग एक अर्धनग्न व्यक्ति को खींचते हुए घर से बाहर लेकर आये। उसका शरीर लहूलुहान था और वो दर्द से कराह रहा था। साफ पता चल रहा था कि उसको बुरी तरह से पीटा गया था। उन लोगों ने उस घायल व्यक्ति को सड़क पर पटक दिया और उसको अपना काम बंद करने की चेतावनी देते हुए वहाँ से चले गए।

कुछ देर में भीड़ तितर-बितर होने लगी और वो व्यक्ति अपने घर के दरवाज़े से सटकर बैठ गया। वो बहुत दयनीय अवस्था में था और खड़ा नहीं हो पा रहा था।

देव को उस पर बहुत दया आई और वो उसके पास गया। ''बाबा, आप ठीक हो न?''

उस व्यक्ति ने नज़रें उठाकर देव की तरफ देखा और कहा, ''पानी...पानी।''

देव ने चारों तरफ देखा और पास की दुकान से पानी का गिलास माँगकर लाया और उस व्यक्ति को दे दिया।

''कौन हो तुम?'' उस व्यक्ति ने पानी पीकर पूछा।

''मैं देव हूँ; आपका विज्ञापन देखकर आपसे मिलने आया था।''

देव ने कहा।

''तुमने देखा न, उन लोगों ने मेरे साथ क्या किया; अभी भी तुम सोचते हो कि मैं तुम्हारी मदद कर पाऊँगा?'' उस व्यक्ति ने मुस्कराने की कोशिश की।

''पता नहीं बाबा; मैं तो हर तरफ से निराश हो चुका हूँ। अगर आपसे भी मदद नहीं मिली तो इसे अपना नसीब ही समझूँगा।'' कहकर देव चलने लगा।

''क्या परेशानी है तुम्हें?'' उस व्यक्ति ने खड़े होने की कोशिश करते हुए पूछा।

''सँभालकर बाबा।'' देव ने लपककर उसको सहारा दिया।

देव ने सहारा देकर उस व्यक्ति को उसके घर के अन्दर तक पहुँचाया। वो बस एक छोटा सा कमरा था, जिसके पास ही एक छोटा सा कामचलाऊ शौचालय बना हुआ था। कमरे के अन्दर एक छोटा सा हवन-कुंड रखा था और पूजा की सामग्री चारों और बिखरी हुई थी।

''आपका नाम क्या है?'' देव ने उसको चारपाई पर बिठाते हुए पूछा।

''मैं निरंकुश हूँ। मैं एक साधक हूँ और माँ काली का सेवक हूँ।'' उस व्यक्ति ने अपना परिचय दिया।

''ये तो अजीब सा नाम है।'' देव ने कहा।

''हाँ, शायद अजीब है; पर जब मैंने साधक बनने के लिए गुरु बनाया तो उन्होंने ही मुझे यह नाम दिया और अब यही मेरी पहचान है।'' निरंकुश ने कहा। ''बताओ तुम क्या समस्या लेकर आये हो? तुम शायद आखरी व्यक्ति हो जिसकी मैं सहायता कर पाऊँगा, क्यूँकि आज ही मुझे ये घर खाली करके जाना पड़ेगा। तुमने उन लोगों की धमकियाँ सुनी थीं न?''

''हाँ बाबा, गैंने सब सुना...'' कहकर देव ने अपनी कहानी सुनाना शुरू किया।

निरंकुश ने ध्यान से देव की पूरी कहानी सुनी।

‘‘तो तुमको अभिनेता बनना है?’’ निरंकुश ने कहा।

‘‘हाँ बाबा’’, देव ने संक्षिप्त सा उत्तर दिया।

‘‘क्या कुछ कर सकते हो अपना सपना पूरा करने के लिए?’’

‘‘कुछ भी।’’, देव ने कहा।

‘‘ठीक है; तुमने बुरे वक़्त में मुझे सहारा दिया और मुझ पर विश्वास बनाये रखा, इसीलिए मैं तुम्हारी मदद करूँगा।’’ निरंकुश ने कहा।

‘‘धन्यवाद बाबा।’’ देव ने हाथ जोड़कर कहा।

‘‘अभी एक छोटी सी परेशानी है; मुझे आज ही यह घर खाली करना है और तुम्हारी इच्छा पूरी करने के लिए मुझे नौ दिन का अनुष्ठान करना होगा। परसों से नवरात्र शुरू हो रहे हैं और नौ दिनों तक मैं साधना करके तुम्हारा कार्य सिद्ध करूँगा; क्या तुम इन दिनों के लिए मेरा रहने का इंतज़ाम करवा सकते हो, अनुष्ठान होने के बाद मैं चला जाऊँगा।’’ निरंकुश ने पूछा।

‘‘ज़रूर बाबा; आप मेरे घर पर रह सकते हैं, मैंने थोड़े ही दिन पहले एक बँगला खरीदा है जिसका अधिकतर हिस्सा अभी खाली पड़ा है; आप उसमें आराम से जितने दिन चाहे रह सकते हैं।’’ देव ने कहा।

देव निरंकुश को लेकर अपने बँगले पर आ गया। वो बँगला उसने अपनी पुरखों की ज़मीन बेचकर खरीदा था।

उसी रात खाना खाने के बाद निरंकुश और देव बँगले के एक कमरे में बैठकर बात कर रहे थे।

‘‘एक बात कहूँ?’’ निरंकुश ने पूछा।

‘‘हाँ बाबा।’’ देव बोला।

‘‘पुत्र, अभिनेता बनना तुम्हारे भाग्य में नहीं है; पर तुम मेरे पास आये हो और सहायता चाहते हो, इसीलिए मैं कुछ भी करके तुम्हारी इच्छा पूरी करूँगा’’, निरंकुश ने कहा।

‘‘धन्यवाद बाबा; अगर मैं अभिनेता नहीं बन पाया तो शायद जी नहीं सकूँगा।’’ देव भावुक हो उठा।

‘‘तो सुनो...।’’ बाबा ने अपने झोले में से एक मूर्ति निकाली। वो प्रतिमा लगभग दस इंच लम्बी थी। वो एक स्त्री की प्रतिमा थी और एक नज़र देखने पर एक कीमती सजावट के सामान से ज्यादा कुछ नहीं लगती थी। प्रतिमा इतनी सुन्दर और सजीव थी कि उसको देखकर लगता था कि जैसे वो एक सजीव स्त्री को देखकर बनाई गयी हो। ‘‘अति सुन्दर।’’ देव के मुख से अनायास ही निकल पड़ा। वो उस प्रतिमा को देखकर अत्यंत प्रभावित था। प्रतिमा में एक सुन्दर स्त्री बैठी हुई मुद्रा में थी और उसने एक हाथ में एक लोटा थामा हुआ था, जिसमें से कुछ सिक्के निकलते दिखाए गए थे और उसके दूसरे हाथ में एक छोटी कटार थी। उसके मुख पर मुस्कान फैली थी।

‘‘यह तो बेहद खूबसूरत है।’’ देव ने प्रतिमा को अपने हाथों में लेकर निहारा।

‘‘यह कर्ण-पिशाचिनी का मोहिनी स्वरूप है; यही तुम्हारी सफलता का रास्ता खोलने वाली है।’’ निरंकुश ने कहा।

देव ने एक बार फिर प्रतिमा को निहारा और निरंकुश की तरफ देखा। उसकी आँखों में सवाल साफ़ नज़र आ रहे थे।

‘‘मैं जानता हूँ तुम कुछ समझ नहीं पा रहे हो; चिंता मत करो, तुम अभिनेता ज़रूर बनोगे... इस प्रतिमा को अपने घर में स्थापित कर दो, बस इतना ख़याल रखना कि इसका मुख दक्षिण की तरफ हो।’’ निरंकुश ने कहा।

देव ने निरंकुश की अपनी क्षमता से बढ़कर सेवा की और नवरात्र के दिनों में नौ दिनों तक निरंकुश ने उसी बँगले में जाप किया। उन्हीं नवरात्रों में से एक शुभ दिन देव का विवाह कृष्णा के साथ सम्पन्न हुआ। एक तरफ विवाह की प्रक्रिया चल रही थी और दूसरी तरफ एक कमरे में निरंकुश जाप करने में व्यस्त था।

नौवें दिन जाप के बाद निरंकुश ने देव को बुलाया और कहा,

''देव! मैंने जाप करके कर्ण-पिशाचिनी को सिद्ध कर लिया है, और अब मेरे कहने पर वो तुम्हारी सेवा में रहकर तुम्हारी सारी इच्छाएँ पूर्ण करने को तैयार है।''

देव बोला, ''मैं समझा नहीं।'' वो कर्ण-पिशाचिनी का नाम सुनकर थोड़ा सिहर गया था।

''घबराओ मत! तुम्हीं ने कहा था न कि तुम अभिनेता बनने के लिए कुछ भी करने को तैयार हो; बस अब तुम्हारे सपने पूर्ण होने के दिन आ गए हैं। कर्ण-पिशाचिनी तुम्हारे साथ इसी घर में रहेगी और तुम्हारी सेवा करेगी।'' निरंकुश ने कहा।

''मुझे क्या करना होगा? कृपया विस्तार से बताइए।'' देव ने पूछा।

''कर्ण-पिशाचिनी कलियुग में सर्व समृद्धि पाने का सबसे सरल रास्ता है। ये एक यक्षिणी है जो कुबेर देवता की सेवा में रहती है। सारे धन-धान्य, सफलता इसके आशीर्वाद से प्राप्त हो सकते हैं; तुम चाहो तो इससे विवाह करके इसके साथ जीवन भर रह सकते हो।''

''पर आप तो जानते ही हैं कि कुछ ही दिवस पूर्व मेरा विवाह हो चुका है।'' देव ने कहा।

''हाँ, मैं जानता हूँ, परन्तु अगर तुम सफलता पाना चाहते हो तो तुमको ऐसा करना ही होगा, नहीं तो कर्ण-पिशाचिनी को खुश रखना संभव नहीं होगा।'' निरंकुश ने बताया।

''बाबा कोई रास्ता निकालिए जो मेरे लिए आसान हो।'' देव ने हाथ जोड़कर कहा।

कुछ देर सोचने के बाद निरंकुश ने कहा, ''कर्ण-पिशाचिनी को खुश रखना होगा और उसके लिए मैं तुम्हारा साथ देने को तैयार हूँ, परन्तु क्या तुम्हारे लिए मुझे अपने साथ रखना संभव होगा? मैं तुम्हारे और कर्ण-पिशाचिनी के बीच एक कड़ी बनकर रहूँगा; तुम मुझे अपनी इच्छा बताओगे और मैं उसको कर्ण-पिशाचिनी के जरिये पूरा करवाऊँगा; परन्तु ध्यान रखना कि तुमको कर्ण-पिशाचिनी के भोग का

और मेरे रहने का और खाने-पीने का इंतज़ाम जीवन भर करना होगा।''

''अगर मुझे मेरी मनचाही सफलता मिलने का वादा मिलता है तो मेरे लिए ये शर्त मानना संभव है।'' देव ने कहा।

''और इसके साथ-साथ तुमको इस घर के वास्तु में भी कुछ बदलाव करने होंगे, कर्ण-पिशाचिनी की ऐसी ही इच्छा है।'' निरंकुश ने कहा।

''मैं तैयार हूँ, आप बस आदेश दीजिए!'' देव ने हाथ जोड़कर कहा।

देव ने कृष्णा को मायके भेज दिया और अगले कुछ दिनों में निरंकुश के बताये हुए बदलाव अपने बँगले में करवा दिए। सारे परिवर्तन निरंकुश की देख-रेख में किये गए। बँगले में कुछ ख़ास परिवर्तन नहीं हुआ था, और देखने मात्र से किसी के लिए भी यह बताना आसान नहीं था कि बँगले में कुछ बदलाव हुआ है।

चमत्कारी रूप से एक भोजपुरी निर्माता ने देव से संपर्क किया और उसकी फिल्म में उसको अभिनेता का किरदार अदा करने को बोला। वो फिल्म बहुत सफल रही और देव का काम चल निकला। निरंकुश से मिलने के कुछ ही महीनों के भीतर देव की तो जैसे ज़िन्दगी ही बदल गई और वो भोजपुरी फिल्मों का नामी सितारा बन गया। पैसा और शोहरत जैसे उसके सोचने मात्र से उसके पास खिंचे चले आते थे।

देव ने निरंकुश को बँगले के पीछे का कमरा दे दिया और वहाँ पर किसी को भी जाने की इजाज़त नहीं थी। हर महीने जो भी रकम निरंकुश माँगा करता था वो उसको दे दी जाती थी, और वो रकम कभी भी बहुत ज्यादा नहीं होती थी। निरंकुश के अनुसार वो रकम कर्ण-पिशाचिनी के भोग पर खर्च की जाती थी। देव ने कभी इस बात की परवाह नहीं की और वो दिन-दूनी रात-चौगुनी तरक्की करता चला गया।

शादी के लगभग एक साल बीत गये थे। एक रात देव अपनी

पत्नी कृष्णा के साथ रति-क्रिया में व्यस्त था कि तभी उसका दरवाज़ा किसी ने खटखटाया।

‘‘कौन है?’’ देव ने गुस्से में पूछा।

‘‘मैं हूँ, निरंकुश।’’ बाहर से आवाज़ आई।

‘‘निरंकुश बाबा, इस समय?’’ देव ने लपककर अपने कपड़े पहने और तुरंत बाहर आ गया।

‘‘क्या हुआ बाबा? सब कुशल तो है?’’ देव ने घड़ी की तरफ नज़र डालते हुए कहा। रात के तीन बजे थे।

‘‘तुमको इसी समय मेरे कमरे में आना होगा।’’ कहकर निरंकुश चला गया।

देव ने कृष्णा को सोने के लिए बोला और निरंकुश के कमरे में पहुँचा।

‘‘देव! कर्ण-पिशाचिनी तुमसे कुछ चाहती है।’’ निरंकुश ने गंभीर स्वर में कहा।

‘क्या?’

‘‘कर्ण-पिशाचिनी चाहती है कि तुम आज के बाद कभी भी अपनी पत्नी से शारीरिक सम्बन्ध नहीं बनाओ।’’ निरंकुश ने नज़रें झुकाकर कहा।

‘‘क्या बकवास है यह? मैंने आज तक कर्ण-पिशाचिनी को देखा तक नहीं; मैं जानता भी नहीं कि वो है भी या नहीं; मैं यह बेतुकी बात कैसे मान सकता हूँ?’’ देव चिल्ला उठा।

‘‘तुम मुझ पर शक कर रहे हो? बेहतर यही होगा कि अब मुझे तुम दोनों के बीच से हट जाना चाहिए; शायद तुम मुझ पर शंका करने लगे हो।’’ निरंकुश ने देव की आँखों में झाँककर कहा।

‘‘नहीं बाबा, ऐसी बात नहीं है।’’ देव को अपनी गलती का एहसास हुआ।

‘‘कर्ण-पिशाचिनी इसको दर्शन दो! तुम्हारे साधक पर शक किया

जा रहा है।'' निरंकुश ने आँखें बंद करके कहा।

''नहीं बाबा...'' देव की आवाज़ उसके मुँह में ही अटककर रह गई और कमरे में धुआँ सा फैलने लगा। देव ने खुद को धुएँ से घिरता सा महसूस किया। निरंकुश की आँखें अभी भी बंद थीं और वो किसी मन्त्र का जाप कर रहा था।

''कैसे हो देव?'' एक स्त्री की आवाज़ उसको अपने पीछे से सुनाई दी।

देव ने पलटकर देखा। एक अति-सुन्दर, मन-मोहिनी, काली बदली के सामान बालों वाली खूबसूरत लड़की न जाने कहाँ से प्रकट हो गई थी। वो मुस्करा रही थी और उसकी आँखों का काजल बहुत गहरा था। देव कुछ पलों तक तो कुछ सोच-समझ ही नहीं सका।

''क्या देख रहे हो? मैं ही तो हूँ, जो तुम्हारी हर इच्छा को पूरा करती आ रही हूँ; मुझे पहचानते भी नहीं?'' उस सुंदरी ने दिलकश आवाज़ में कहा।

''जी...जी...'' देव हकला उठा।

''बैठो...आराम से बात करते हैं।'' सुंदरी ने उसे पास पड़ी कुर्सी पर बैठने का इशारा किया। देव उस पर मन्त्रमुग्ध-सा बैठ गया।

उस सुन्दरी ने हवा में इशारा किया और न जाने कहाँ से एक कुर्सी प्रकट हुई और वो उस पर बैठ गई। वो कुर्सी कम, एक सिंहासन ज्यादा लगता था।

निरंकुश पास ही ज़मीन पर हाथ जोड़कर बैठा था और सुंदरी को निहार रहा था।

''देव! मैं ही हूँ कर्ण-पिशाचिनी। आज मैंने निरंकुश के कहने पर अपने मोहिनी-स्वरूप में तुमको दर्शन दिया है। मैं ही हूँ जो निरंकुश की साधना से प्रसन्न होकर तुम्हारी हर इच्छा को पूरा करती आ रही हूँ, और तुम्हीं मेरे अस्तित्व पर प्रश्नचिन्ह लगाने लगे?'' सुंदरी ने अपना परिचय देते हुए कहा।

''नहीं मेरा वो मतलब नहीं था; मैंने हमेशा निरंकुश बाबा पर

विश्वास बनाकर रखा है, और जो भी उन्होंने कहा मैंने उस पर विश्वास किया है; परन्तु जैसे ही आज वे बोले कि मुझे अपनी पत्नी से शारीरिक सम्बन्ध नहीं बनाना है तो मैं आपा खो बैठा; मेरा आपके अस्तित्व पर प्रश्नचिन्ह लगाने का कोई इरादा नहीं था... अगर मैंने कुछ गलत किया हो या कहा हो तो कृपा करके मुझे माफ कर दीजिये।'' देव ने हाथ जोड़कर कहा।

''देव, हमेशा याद रखना, तुम मेरे साधक नहीं हो; यह निरंकुश की साधना है, और यह निरंकुश की इच्छा है कि मैं तुम्हारी इच्छाएँ पूर्ण करूँ। निरंकुश ने मेरी साधना की है और जो वो कहेगा, उसकी हर इच्छा मैं पूरी करूँगी। आज वो किसी का मोहताज़ नहीं है; उसके बोलने मात्र से मैं उसकी कोई भी इच्छा पूर्ण कर सकती हूँ, परन्तु फिर भी वो एक शांत और सुखी इंसान की तरह तुम्हारे इस बड़े से घर के एक छोटे से कमरे में रहता है। तुम उसको अपनी इच्छाएँ बताते हो, वो मुझको बताता है और तुम्हारी इच्छाएँ पूरी हो जाती हैं, और तुमको पता भी नहीं चलता कि ऐसा क्यों हुआ, अजीब है न?'' कर्ण-पिशाचिनी ने पूछा।

देव ने सर झुका लिया।

''कुछ तो कहो देव।'' कर्ण-पिशाचिनी ने कहा।

''मैं बस आपसे माफ़ी माँग सकता हूँ; मेरी गलती को क्षमा कर दो निरंकुश बाबा।'' देव ने निरंकुश की तरफ देखकर हाथ जोड़ लिए।

''माफ़ तो भूल को किया जाता है; गलती की तो सज़ा होती है।'' कर्ण-पिशाचिनी ने कहा।

देव काँप उठा और उसने बारी-बारी से कर्ण-पिशाचिनी और निरंकुश की तरफ देखा। कर्ण-पिशाचिनी उसको घूर रही थी और निरंकुश हाथ जोड़े कर्ण-पिशाचिनी को निहार रहा था।

''मुझे माफ़ कर दीजिये, और जो जैसा था वैसा ही चलने दीजिये; मैं वादा करता हूँ कि जो भी निरंकुश बाबा बोलेंगे मैं वैसा ही करूँगा।'', देव ने कातर स्वर में कहा।

''तो तुमको मंज़ूर है कि तुम कभी भी अपनी बीवी से शारीरिक सम्बन्ध नहीं बनाओगे?'' कर्ण-पिशाचिनी ने पूछा।

''जैसा आप कहेंगी मैं वैसा ही करूँगा, पर क्या मैं इसके पीछे छिपा कारण जान सकता हूँ?'' देव ने सकुचाते हुए पूछा।

''कृष्णा, तुम्हारी पत्नी, निरंकुश से नफरत करती है, पीठ पीछे उसको गालियाँ देती है और आज जो भी तुमने निरंकुश को कहा वो उन्हीं भावनाओं में बहकर कहा। उस औरत ने हमेशा मेरे साधक के खिलाफ ज़हर ही उगला है। मैं जानती हूँ कि समाज की नज़रों में वो तुम्हारी पत्नी है और जो भी तुम उसे दे रहे हो वो एक पति का फ़र्ज़ है, पर मैं चाहती हूँ कि वो किसी एक सुख को तरसे, और मैंने ही निरंकुश को यह आज्ञा दी थी कि वो तुमको अपनी बीवी से दूर रहने को कहे।'' कर्ण-पिशाचिनी ने कहा।

''परन्तु मैं कृष्णा को क्या कहूँगा?'' देव असमंजस में था।

''वो तुम्हारी परेशानी है।'' कर्ण-पिशाचिनी ने लापरवाह स्वर में कहा।

''और अगर किसी दिन मुझसे भूल हो गई तो?'' देव ने अपनी शंका ज़ाहिर की।

''वो दिन तुम्हारी बीवी का आखिरी दिन होगा... वो सम्भोग समाप्त होने से पहले ही मृत्यु को प्राप्त हो जाएगी।'' कर्ण-पिशाचिनी ने सर्द स्वर में कहा।

''नहीं...'' देव ने घुटे स्वर में कहा।

''चिंता न करो; जब तक तुम अपनी बीवी से दूर रहोगे, वो सुरक्षित रहकर मेरी दी हुई सारी सुख-सुविधाओं का आनंद उठा सकती है, निरंकुश को भला-बुरा कहते हुए भी...'' कर्ण-पिशाचिनी ने अट्टहास करते हुए कहा।

देव को अपनी पीठ में सर्दी की लहर सी दौड़ती हुई महसूस हुई।

''तुम्हारी तरफ से निरंकुश मेरी सेवा करता है, इसका ध्यान रखो, इसको इज़्ज़त दो, तुम्हारा सदा भला होगा। मेरे भोज इत्यादि के लिए

जो धन लगता है, वही वो तुमसे लेता है, एक पैसा भी अपने पास नहीं रखता। याद रखो, यह एक संयासी है; इसकी ज्यादा इच्छाएँ नहीं हैं, और जो भी ये चाहता है वो मैं इसको बिना माँगे दे देती हूँ। यह तुम्हारा मोहताज़ नहीं है, बल्कि तुम इसके मोहताज़ हो। तुम्हारे पैसे से जो भोग मुझको लगता है, उसके बदले में मैं तुम्हारी इच्छाएँ पूर्ण करती हूँ; जिस दिन यह चक्र रुक जाएगा, तुम्हारी बर्बादी के दिन शुरू हो जायेंगे। तुम्हारा और मेरा जीवन भर का साथ है जो तुम्हारी मृत्यु के साथ ही ख़त्म होगा।'' कहते हुए कर्ण-पिशाचिनी अंतर्धान हो गयी।

देव के सामने खूबसूरत लकड़ी की बनी कुर्सी खाली पड़ी थी। देखते ही देखते वो कुर्सी हवा में घुलने लगी और गायब हो गई।

देव भौंचक्का सा अपनी जगह बैठा हुआ था। निरंकुश अपनी जगह से उठा और उसके कंधे पर हाथ रखा। देव जैसे किसी नींद से जागा।

''मुझे माफ़ कर देना बाबा! आपका दिल दुखाने का मेरा कोई मकसद नहीं था।'' देव ने दुखी स्वर में कहा।

''नहीं देव, मुझे तुमसे या कृष्णा से कोई शिकायत नहीं है; मुझसे तो खुद कर्ण-पिशाचिनी ने कहा कि कृष्णा मेरे बारे में उल्टा-सीधा बोलती है। मैंने तो इस बात को दिल पर लिया ही नहीं, परन्तु कर्ण-पिशाचिनी को बहुत बुरा लगा और उसने यह फरमान सुना दिया। अब अगर कृष्णा की सलामती चाहते हो तो उसके करीब नहीं जाना।'' निरंकुश ने देव को बताया।

''बाबा, क्या इस समस्या का कोई इलाज़ नहीं है?'' देव अभी भी उम्मीद लगाये बैठा था।

''देव, मैंने तुमसे पहले ही पूछा था कि तुम सफलता पाने के लिए क्या कर सकते हो? और तुमने कहा था कि तुम कुछ भी करने को तैयार हो। मेरे पास कर्ण-पिशाचिनी की साधना करने के अलावा कोई और रास्ता नहीं था जो तुम्हारी इच्छा पूरी करने की क्षमता रखता था। तुमको वो मिला, जो तुम्हारे नसीब में नहीं था, और हाँ, कर्ण-

पिशाचिनी जिसके साथ भी जुड़ती है, जीवन भर के लिए जुड़ती है, इसलिए उससे पीछा छुड़ाने की बात तो सोचना भी नहीं... ऐसा करने की कोशिश भी करोगे तो बेमौत मारे जाओगे।'' निरंकुश ने चेतावनी भरे स्वर में कहा।

देव ने गहरी साँस भरी। उसका सारा शरीर पसीने में भीगा हुआ था। ''इसका मतलब, अब सारी ज़िन्दगी मुझे ब्रह्मचारी बनकर जीना पड़ेगा?'' देव ने पूछा।

''शायद तुमने कर्ण-पिशाचिनी की बात पर ध्यान नहीं दिया; तुम अपनी बीवी से शारीरिक सम्बन्ध नहीं बना सकते; तुम चाहो तो दूसरी शादी कर सकते हो, या चाहो तो कोई रखैल अपनी सेवा में रख सकते हो, कर्ण-पिशाचिनी की कृपा से तुम्हारे सारे अरमान और इच्छाएँ पूर्ण होंगी।'' निरंकुश ने कहा।

''नहीं, मैं कृष्णा के साथ गद्दारी कभी नहीं कर सकता।'' देव ने अपना सर हिलाते हुए कहा।

''जैसी तुम्हारी मर्ज़ी; जो जैसा चल रहा है उसको चलने दो, बस एक ही तो शर्त है कि तुमको अपनी बीवी से दूर रहना है, बाकी तो बस सफलता, शोहरत और धन का आनंद उठाओ। याद रखो, कर्ण-पिशाचिनी ने तुमसे बहुत छोटी कीमत माँगी है और बदले में तुमको क्या कुछ नहीं दिया है; समझ लो कि तुम्हारी शादी ही नहीं हुई है और बस इस सफल जीवन का आनंद लो। मैं फिर कहता हूँ कि तुमको जो मिला है वो तुम्हारे नसीब में नहीं था, वो तुम्हारे लिए यहाँ धरती पर बनाया गया है और उसकी कीमत तो तुमको देनी ही पड़ेगी।'' निरंकुश ने मुस्कराते हुए कहा।

''ठीक है बाबा, मैं चलता हूँ।'' कहते हुए देव उसके कमरे से निकल गया।

* * *

दुष्यंत और कृष्णा यह सब सुनकर अचंभित से हो गए थे। देव सर झुकाए किसी अपराधी की भाँति बैठा था।

''उसके बाद निरंकुश कहाँ गया?'' दुष्यंत ने पूछा।

''पता नहीं; वो तो जैसे कहीं गायब ही हो गए। मुझसे यह कहकर गए थे कि वो किसी गुरु की तलाश में जा रहे हैं। वो निल्वंती ग्रन्थ की साधना करना चाहते थे और उसके लिए ऋषिकेश में किसी साधक से मिलने के लिए कहकर गए थे; महीनों बीत गए और वो वापस ही नहीं आये और यहाँ ये सब घटनाएँ होनी शुरू हो गयीं।'' देव ने बताया।

''कुछ याद है वो किससे मिलने गए थे?'' दुष्यंत ने पूछा।

''कुछ नहीं बताया था, बस इतना कहा था कि उनके पीछे कोई उनके कमरे में नहीं जाए, क्यूँकि वहाँ कोई बेशकीमती चीज़ रखी है।'' देव ने निराशा भरे स्वर में कहा।

''तुमने कभी जानने की कोशिश नहीं की, कि वो किस चीज़ के बारे में बात कर रहा था?'' दुष्यंत ने पूछा।

''नहीं, कभी नहीं; मुझे डर था कि अगर मैं उस कमरे में गया तो फिर से कर्ण-पिशाचिनी नाराज़ हो जायेगी।'' देव ने सहमे से स्वर में कहा।

''वो इसके बारे में बात कर रहा था।'' दुष्यंत ने भारी-भरकम निल्वंती ग्रन्थ को उठाते हुए कहा।

''इसमें ऐसा क्या है?'' कृष्णा ने पूछा।

''भाभी जी, यह निल्वंती ग्रन्थ की असल प्रति है; यह एक चमत्कारी ग्रंथ है और इसको पढ़ने वाला पशु-पक्षियों की भाषा समझने लगता है, परन्तु यह बहुत खतरनाक भी है, क्यूँकि इसको पढ़ने से व्यक्ति जिन शक्तियों को प्राप्त कर लेता है, वो उनको सँभाल नहीं पाता और पागल हो जाता है। ऐसा नहीं है कि इस ग्रन्थ में उन शक्तियों को नियंत्रित करने का मार्ग नहीं बताया गया है, परन्तु वो ग्रन्थ के अंत में लिखा गया है, और वहाँ तक पहुँचते-पहुँचते व्यक्ति खुद को संतुलित नहीं रख पाता और अपना मानसिक संतुलन खो बैठता है। इसके अध्ययन के लिए किसी गुरु की शरण में जाना ही पड़ता है, इसीलिए निरंकुश किसी गुरु की तलाश में निकला था। यह कीमती इसलिए है

क्यूँकि यह ग्रन्थ की असली प्रति है और अंतर्राष्ट्रीय बाज़ार में इसकी कीमत करोड़ों में है।'' दुष्यंत ने ग्रंथ को उलट-पलटकर देखते हुए कहा।

''निरंकुश के पास यह कहाँ से आया होगा?'' कृष्णा ने पूछा।

''उसके पास कर्ण-पिशाचिनी की सिद्धि थी; उसके लिए इसको पाना कोई मुश्किल नहीं रहा होगा।'' दुष्यंत ने कहा।

''तो कर्ण-पिशाचिनी के होते हुए उसे किसी गुरु की तलाश क्यों थी?'' देव ने पूछा।

''कर्ण-पिशाचिनी एक यक्षिणी का स्वरूप है और निल्वंती ग्रन्थ एक पवित्र स्त्री ने लिखा था। कर्ण-पिशाचिनी शक्तिशाली है, परन्तु इतनी नहीं कि वो एक पवित्र ग्रन्थ के लिए गुरु बन सके। ज़रूर उसने ही निरंकुश को किसी ज्ञानी के पास जाने की सलाह दी होगी।'' दुष्यंत ने जवाब दिया।

''भैया जी! यहाँ चीज़ें बहुत उलझी हुई हैं और मुझे कुछ समझ नहीं आ रहा है; अब बस आपका ही सहारा है, जो आप कहेंगे हम वही करेंगे।'' कृष्णा निराश हो चुकी थी।

''मेरा हाल भी आपके ही जैसा है; मैं भी कुछ समझ नहीं पा रहा हूँ। कम से कम अभी इतना तो साफ़ हो ही चुका है कि सारी परेशानियों की जड़ कर्ण-पिशाचिनी है। हमारा सामना एक शक्तिशाली यक्षिणी से है, और उससे कैसे निपटना है, यह मेरे लिए भी एक पहेली है।'' दुष्यंत सर खुजाते हुए बोला।

''कोई न कोई रास्ता तो ज़रूर होगा, आखिर वो एक यक्षिणी है, कोई भगवान् नहीं।'' कृष्णा ने कहा।

''आप सही कह रही हैं।'' दुष्यंत ने कहा और सोच में डूब गया।

कृष्णा और देव किसी चमत्कार की आशा से दुष्यंत को निहार रहे थे।

''हमें कर्ण पिशाचिनी को निमंत्रण देना होगा; वही कोई रास्ता बता सकती है।'' दुष्यंत ने कहा।

‘‘क्या? तुम होश में तो हो?’’ देव सकपकाकर बोला। वो कर्ण पिशाचिनी को बुलाने के नाम से डर गया था।

‘‘हमारे पास और कोई रास्ता नहीं है; कर्ण पिशाचिनी कुछ कहना चाहती है जो हम समझ नहीं पा रहे हैं। वो मुझसे कब्रिस्तान के पास मिलती रही है और कुछ तो रहस्य है जो हम अभी तक समझ नहीं पाए हैं। अगर उसका मकसद हमको मारना ही होता तो अब तक वो ऐसा कर चुकी होती।’’ दुष्यंत ने कृष्णा और देव की तरफ बारी-बारी से देखा।

‘‘परन्तु तुम उसको बुलाओगे कैसे? और वो तुम्हारे बुलाने पर क्यों आएगी?’’ देव के दिमाग में कई सवाल घूम रहे थे।

‘‘वो आएगी; मेरा उससे पहले भी सामना हो चुका है।’’ दुष्यंत ने अपने हाथ की कटी हुई कनिष्ठा उँगली हवा में उठाकर कहा।

‘‘मैं कुछ समझा नहीं।’’ देव ने पूछा।

दुष्यंत ने देव और कृष्णा को अपनी कटी हुई उँगली की कहानी सुनाई और दोनों काँप उठे।

‘‘दुष्यंत, वो बहुत खतरनाक है, उसको बुलाना खतरे से खाली नहीं होगा।’’ देव काँप रहा था।

‘‘हमारे पास और कोई चारा नहीं है; आज कर्ण पिशाचिनी ने कृष्णा भाभी के शरीर पर कब्जा करके यह बता दिया है कि अगर जल्दी ही हमने कुछ नहीं किया तो परिणाम अच्छे नहीं होंगे।’’ दुष्यंत ने कहा।

‘‘हमसे क्या चाहते हो?’’ देव ने पूछा।

‘‘कुछ नहीं, बस मेरे साथ रहना और कर्ण पिशाचिनी को बुलाने के लिए हम निरंकुश के कमरे का इस्तेमाल करेंगे। निरंकुश वहीं पर कर्ण पिशाचिनी की साधना करता रहा है और वहाँ उसकी मौजूदगी है।’’ दुष्यंत ने कहा।

देव शांत बैठा रहा। डर उसके चेहरे पर साफ़ नज़र आ रहा था।

‘‘भैया! बताइए हमको कब यह करना है?’’ कृष्णा ने कहा।

‘‘आज रात, ठीक तीन बजे।’’ दुष्यंत बोला।

‘‘तीन बजे ही क्यों, उससे पहले क्यूँ नहीं?’’ देव बोला।

‘‘रात में तीन से तीन बजकर इक्कीस मिनट के बीच सभी लोकों के बीच के सभी रास्ते खुले होते हैं; किसी भी आत्मा, जिन्न, यक्ष, यक्षिणी इत्यादि के लिए एक लोक से दूसरे लोक में जाने के लिए यह सबसे उपयुक्त समय होता है; किसी भी तंत्र साधना के लिए यही समय सबसे उपयुक्त है।’’ दुष्यंत ने बताया।

‘‘तुमको इतना कुछ कैसे पता है?’’ देव ने आश्चर्यचकित होकर पूछा।

‘‘कुछ कारण नहीं है, बस मेरे जादू इत्यादि से सम्बंधित साहित्य पढ़ने की आदत ने मुझको यह ज्ञान दिया है... डरने की कोई ज़रूरत नहीं है, मैं कोई तांत्रिक नहीं हूँ।’’ दुष्यंत ने हँसते हुए कहा।

‘‘कुछ ख़ास तैयारी करनी है?’’ कृष्णा ने पूछा।

‘‘कुछ नहीं, बस मज़बूत इरादे के साथ बैठना है; मैं यह भी नहीं जानता की जो भी हम करने जा रहे हैं वो सफल भी होगा या नहीं। मुझे नहीं पता कि कर्ण पिशाचिनी मेरा निमंत्रण स्वीकार करेगी या नहीं; यह तो बस एक प्रयास है, इस उम्मीद के साथ कि शायद कोई रास्ता निकल आये।’’ दुष्यंत ने गहरी साँस भरकर कहा।

*　*　*

रात के दो बज चुके थे।

देव, कृष्णा और दुष्यंत शयनकक्ष में थे। तीनों बेसब्री से तीन बजने का इंतज़ार कर रहे थे और समय काटने के लिए इधर-उधर की बातें कर रहे थे। देव अपनी फिल्मों के बारे में बता रहा था और दुष्यंत और कृष्णा चाव से उसके किस्से सुन रहे थे।

उनकी नज़रों से दूर कब्रिस्तान वाली सड़क पर एक खूबसूरत लड़की घूम रही थी। कुछ दूर चलने के बाद वो कब्रिस्तान के दरवाज़े के

पास पहुँची, कुछ पल ऐसे ही खड़ी रही और फिर कब्रिस्तान के अन्दर दाखिल हो गई। शीघ्र ही वो घने अँधेरे में गायब हो चुकी थी। वहाँ धुँध और ठण्ढ बहुत बढ़ चुकी थी।

"दो बज कर पैंतालिस मिनट।" दुष्यंत ने अपनी घड़ी पर निगाह दौड़ाई। "हमें चलना चाहिए।"

देव और कृष्णा ने एक-दूसरे की तरफ देखा, मानो खुद को तैयार करने की कोशिश कर रहे हों।

तीनों चलते हुए बँगले के पीछे बने कमरे की तरफ बढ़े। दुष्यंत ने एक छोटे से थैले में अपनी ज़रूरत का सामान पहले ही रख लिया था और वो थैला उसके कंधे पर लटक रहा था।

कृष्णा ने कमरे की चाभी दुष्यंत को थमा दी। दुष्यंत ने गहरी साँस ली, अपने इष्टदेव को याद किया और ताला खोल दिया। देव के तो जैसे पैर काँप उठे, पर उसने खुद पर काबू रखने की भरपूर कोशिश जारी रखी।

दुष्यंत ने कमरे के भीतर कदम रखा और बत्ती जला दी। कमरा रौशन हो उठा। दुष्यंत ने अपने थैले में से एक चादर निकाली और उसको ज़मीन पर बिछा दिया और देव और कृष्णा को उस पर बैठने का इशारा किया। दोनों चुपचाप, कोई भी सवाल किये बिना, चादर पर बैठ गए। दुष्यंत ने अपना थैला चादर के एक कोने पर रखा और खुद भी उनके साथ बैठ गया।

"तुम लोग तैयार हो?" दुष्यंत ने पूछा।

कृष्णा ने हाँ में सर हिलाया परन्तु देव चुपचाप बैठा रहा। दुष्यंत ने उस पर ज्यादा ध्यान नहीं दिया और अपने थैले में से प्रतिमा निकाली। यह वही प्रतिमा थी, जो देव को निरंकुश ने दी थी, क्रिस्टल की बनी, कर्ण-पिशाचिनी की प्रतिमा।

"यह तुमने क्या अनर्थ कर दिया? निरंकुश ने कहा था कि इस प्रतिमा को उस स्थान से कभी न हटाया जाये।" देव उस प्रतिमा को दुष्यंत के हाथों में देखकर चिल्ला उठा।

''निरंकुश के साथ उसके नियम भी चले गए; उसने तो यह भी कहा था कि तुमको कोई परेशानी नहीं होगी, पर हो रही है न? कर्ण-पिशाचिनी को बुलाने के लिए उसकी प्रतिमा या चित्र की ज़रूरत पड़ेगी, और हमारे पास बस ये प्रतिमा ही है।'' दुष्यंत ने देव को घूरते हुए कहा।

''आप शांत रहो; हमने दुष्यंत भैया पर भरोसा किया है तो उसको पूरी तरह निभाना चाहिए, और जैसा वो कहते हैं वैसा ही करना चाहिए... आखिर उनको हमने ही तो बुलाया था न; अब जो वो कहेंगे, हमें वैसा ही करना चाहिए।'' कृष्णा ने देव के हाथ पर हाथ रखकर कहा।

देव ने सहमति में सर हिलाया और गहरी साँस लेकर चुपचाप बैठ गया।

दुष्यंत ने कर्ण-पिशाचिनी की प्रतिमा को तीनों के बीच में रख दिया और अपने थैले में से एक छोटी सी शीशी निकाली जिसमें पानी भरा था।

''यह क्या है?'' कृष्णा ने पूछा।

''यह गंगा जल है, इससे मैं एक सुरक्षा घेरा बनाने जा रहा हूँ; ध्यान रहे, कुछ भी क्यों न हो जाये, जब तक मैं न कहूँ, इस घेरे से बाहर नहीं निकलना।'' कहते हुए देव ने बोतल के पानी से चादर के चारों तरफ एक घेरा बना दिया और वापस आकर अपनी जगह बैठ गया।

दुष्यंत ने अपने थैले में से एक छोटी सी डायरी निकाली और देव और कृष्णा की तरफ देखते हुए बोला, ''कर्ण-पिशाचिनी की दी हुई शक्ति से मैं वास्तु का ज्ञानी तो बन गया, परन्तु अपनी उँगली खोने के बाद मैंने कर्ण-पिशाचिनी को समझने का प्रयास किया और बहुत सारी किताबें पढ़ीं, बहुत से साधू और संतों से मिला, और सारा अर्जित ज्ञान इस डायरी में लिखता गया। पता नहीं क्यूँ मैंने इतने प्रयास किये? पर आज समझ आ गया कि जो भी होता है वो सब किसी न किसी कारण

से होता है; आज यह ज्ञान तुम्हारे काम आएगा।'' कहते हुए दुष्यंत ने उस डायरी को चूम लिया।

दुष्यंत ने आगे कहा, ''सबसे पहले यह समझना ज़रूरी है कि कर्ण-पिशाचिनी क्या हैं, कौन है? कर्ण-पिशाचिनी यक्षिणी का एक स्वरूप है। यह माया का एक शक्तिशाली स्वरुप है जो असीमित शक्तियों की स्वामिनी है। कर्ण-पिशाचिनी के पास भूतकाल-वर्तमानकाल और भविष्यकाल की सारी घटनाओं का ज्ञान है। अगर किसी व्यक्ति को कर्ण-पिशाचिनी की सिद्धि मिल जाती है, तब कर्ण-पिशाचिनी कुछ शर्तें रखती है, और उसके बदले में पिशाचिनी साधक की इच्छाओं की पूर्ति करती है, किसी भी होने वाली घटना को साधक के कान में बोल देती है और साधक के साथ उसकी मृत्यु तक रहती है। कर्ण-पिशाचिनी की सिद्धि होने के बाद साधक सफलताओं के चरम को प्राप्त करता है और उसका प्रभुत्व सब पर कायम रहता है। ध्यान देने वाली बात यह है कि कर्ण-पिशाचिनी एक यक्षिणी का स्वरूप है और वो सात्विक रूप में भी ज्ञान प्राप्त करवाती है, परन्तु सात्विक रूप से उसकी सिद्धि प्राप्त करना बहुत मुश्किल होता है, इसीलिए साधक तामसिक तरीकों से कर्ण-पिशाचिनी की कृपा प्राप्त करते हैं, और तामसिक तरीकों से पिशाचिनी की सिद्धि प्राप्त करना बहुत खतरनाक होता है, क्यूँकि कर्ण-पिशाचिनी की शर्तों का पालन करना एक समय के बाद साधक के लिए असंभव हो जाता है और उसके परिणामस्वरूप जिस पिशाचिनी को साधक अपने स्वार्थ-सिद्धि के लिए प्राप्त करता है, अंत में वो उसके लिए दर्द और तकलीफों का कारण बन जाती है... आमतौर पर इसका अंत साधक की मृत्यु के साथ होता है।''

यह सब सुनकर देव और कृष्णा अन्दर तक काँप उठे।

''दुष्यंत, जो करना है करो, पर मुझको और मत डराओ।'' देव असहज था।

''नहीं मित्र, मैं तुम लोगों को डरा नहीं रहा, मैं तो बस यह बताना चाहता हूँ कि तुम लोग तैयार रहो और समझ सको कि तुम्हारा सामना किस चीज़ से होने जा रहा है।'' दुष्यंत ने शांत स्वर में कहा। ''और

डरने की कोई बात नहीं है; कोई भी शक्ति किसी बुरे उद्देश्य से गंगाजल के घेरे को भेदकर अन्दर नहीं आ सकती; हम तीनों इसमें सुरक्षित हैं।'' दुष्यंत ने समझाया।

देव और कृष्णा कुछ शांत नज़र आये। दोनों अपने को व्यवस्थित करने की कोशिश कर रहे थे।

''अब मैं कर्ण-पिशाचिनी को बुलाने की प्रक्रिया शुरू करता हूँ।'' कहते हुए दुष्यंत ने प्रतिमा के सामने एक पीतल के दीये में सरसों का तेल डालकर दीया जला दिया।

''देव, ये बिजली का बल्ब बंद कर दो।'' दुष्यंत ने कहा।

देव काँपता हुआ उठा और बिजली का बल्ब बुझा दिया। अब कमरा बस दीये से रौशन था। देव झटपट आकर अपनी जगह पर बैठ गया। उसके पैर काँप रहे थे और वो यह महसूस कर सकता था।

दुष्यंत ने अपने थैले में से रोली निकाली और प्रतिमा के ऊपर चढ़ा दी और बोला, ''हे कर्ण-पिशाचिनी देवी! पूरी श्रद्धा और विश्वास के साथ हम लोग आपको आमंत्रित करते हैं। मेरे मित्र ने अगर कोई गलती की है तो उसको क्षमा करते हुए, अगर मुझसे अनजाने में कोई भूल हुई है तो उसको बिसराते हुए आप यहाँ आयें और बताएँ कि किस प्रकार हम आपको संतुष्ट कर सकते हैं; हमसे जो बन पड़ेगा हम आपकी सेवा करेंगे।''

दुष्यंत ने थोड़ी-थोड़ी रोली कृष्णा और देव को भी दी और कर्ण-पिशाचिनी की प्रतिमा पर चढ़ाने को कहा। उन्होंने देव का अनुसरण करते हुए रोली कर्ण-पिशाचिनी के ऊपर चढ़ा दी।

''अब तुम लोग अपने मन को पवित्र रखते हुए, हाथ जोड़कर बैठो, मैं मन्त्र का जाप प्रारम्भ करता हूँ।'' दुष्यंत ने कहा। देव और कृष्णा हाथ जोड़कर बैठ गए और दुष्यंत ने डायरी में पढ़ते हुए मन्त्र जाप प्रारम्भ किया।

ॐ ऐं ह्रीं श्रीं दुं हुं फट् कनकवज्झा वैदूर्य मुक्तालंकृत भूषणे ऐहि ऐहि आगच्छ आगच्छ मम कर्णे प्रविश्य भूत भविष्य वर्तमान काल ज्ञान

दूर दृष्टि दूर श्रवणं ब्रूहि ब्रूहि अग्नि स्तम्भनं शत्रू स्तम्भनं शत्रू मुख स्तम्भनं शत्रू गति स्तम्भनं शत्रू मति स्तम्भनं परेषां गतिं मतिं सर्व शत्रूणाम् वाग्जृम्भणं स्तम्भनं कुरू कुरू शत्रु कार्य हानि करि मम कार्य सिद्धि करि शत्रूणाम् उद्योग विध्वंसकरि वीरचामुंडिनी हाटकधारिणी नगरी पुरी पट्टणस्थान सम्मोहिनी असाध्य साधिनी ॐ श्रीं हीं ऐं ॐ देवि हन हन हुँ फट् स्वाहा!

दुष्यंत बिना रुके मंत्रोच्चार कर रहा था और उसकी आवाज़ कमरे में गूँज रही थी। देव और कृष्णा हाथ जोड़े कभी दुष्यंत को और कभी कर्ण-पिशाचिनी की प्रतिमा को देख रहे थे। धीरे-धीरे करके दस मिनट बीत गए पर कर्ण-पिशाचिनी का कोई निशान नज़र नहीं आया।

''मूर्ख! तुझे पता भी है तू क्या जाप कर रहा है?'' एक स्त्री की आवाज़ ने तीनों को चौंका दिया। तीनों ने आवाज़ की दिशा में देखा। दरवाज़े के पास एक सुन्दर लड़की मौजूद थी। उसने हरे रंग का घाघरा-चोली पहना हुआ था। दुष्यंत उसको देखते ही पहचान गया। यह वही लड़की थी जो उसको कब्रिस्तान के पास वाली सड़क पर मिला करती थी। देव और कृष्णा का तो जैसे दिल हलक में अटक गया था।

''प्रणाम स्वीकार करो कर्ण-पिशाचिनी।'' दुष्यंत ने हाथ जोड़कर कहा। देव और कृष्णा के हाथ भी जुड़ी हुई अवस्था में थे।

कर्ण-पिशाचिनी चलती हुई उनके करीब आकर खड़ी हो गई। चलते हुए उसकी पाजेब की आवाज़ गूँज रही थी।

''अगर जाप में कोई गलती हुई हो तो क्षमा करें।'' दुष्यंत ने कहा।

''तू जो जाप कर रहा था, उसमें तू मुझसे भूत-वर्तमान-भविष्य जानने की इच्छा व्यक्त कर रहा था, पर मैं जानती हूँ, तेरा वो उद्देश्य नहीं है, बोल क्यों मिलना चाहता था मुझसे?'' कर्ण-पिशाचिनी ने जोर से हँसते हुए कहा।

''माफ़ करना माता; शायद मैं उस मन्त्र का मतलब नहीं समझ पाया था।'' दुष्यंत ने कहा।

''माता? जब तू मुझसे मिलता था तब तेरी भावनाएँ मेरे साथ हमबिस्तर होने की थीं, और आज तू मुझे माता बुला रहा है?'' कर्ण-पिशाचिनी ने तीखे स्वर में कहा।

''आप सही कह रहीं हैं; उस समय जब मैं आपसे मिलता था, तब मुझे आपकी असलियत पता नहीं थी और मैं आपको एक मनुष्य समझ बैठा था, पर अब आपको जानने के बाद मैं अपनी उस धृष्टता के लिए क्षमा चाहता हूँ।'' दुष्यंत ने सर झुका लिया।

देव और कृष्णा मूर्खों की तरह यह सब देख रहे थे। उनको कुछ समझ नहीं आ रहा था की वो क्या करें? उन्होंने चुपचाप बैठने में ही अपनी भलाई समझी। उनको लग रहा था कि दुष्यंत के प्रयास व्यर्थ जायेंगे और कर्ण-पिशाचिनी नहीं आएगी, परन्तु कर्ण-पिशाचिनी उनके सामने थी और दुष्यंत से बात भी कर रही थी। देव और कृष्णा जड़ होकर रह गए थे। जो कुछ भी वे देख रहे थे वो सब उनकी कल्पनाओं से भी परे की बात थी।

''क्षमा चाहते हो? अकेले हो, पत्नी छोड़ कर चली गई, माँ-बाप मर गए-कर लो शादी मुझसे, सुखी रहोगे; वो सब मिलेगा जिसकी तुम कल्पना भी नहीं कर सकते।'' कर्ण-पिशाचिनी के मुख पर एक कुटिल मुस्कान थी।

''यह पूछने के लिए माफ़ी चाहता हूँ, पर क्या आप सभी से शादी करती हैं? मैंने जितना भी आपके बारे में सुना और पढ़ा है, हर जगह आपने अपने साधक से शादी करने का प्रस्ताव रखा है, पूछ सकता हूँ ऐसा क्यों?'' दुष्यंत ने सर झुकाकर पूछा।

''हा हा हा हा ...'' कर्ण-पिशाचिनी ज़ोरों से हँसी। ''मैं ही वो इकलौती शक्ति हूँ जो कलियुग में अमर है, और मैं सब कुछ एक चुटकी बजाकर कर सकती हूँ। मैं शापित हूँ और अपने हर काम की कीमत भी लेती हूँ। मुझे पाना आसान है परन्तु, मुझसे छुटकारा पाना असंभव। एक बार जिससे मेरा नाता जुड़ जाता है वो तब तक ख़त्म नहीं होता जब तक उस व्यक्ति के प्राण नहीं निकल जाते। मैं शादी का प्रस्ताव साधक की सहूलियत के लिए देती हूँ; मैं नहीं चाहती कि मेरा

साधक किसी और स्त्री के साथ शारीरिक-सम्बन्ध बनाए, और यही कारण है कि मैं शादी का प्रस्ताव रखती हूँ... यह मेरे लिए नहीं, मेरे साधक के लिए होता है।''

''आपके तो इस धरती पर हज़ारों साधक होंगे, आप एक साथ सबके साथ कैसे रह सकती हैं?'' दुष्यंत ने पूछा।

''मेरे अनगिनत रूप हैं; मैं हर एक साधक के साथ अलग स्वरूप में होती हूँ। जो स्वरूप तुम देख रहे हो, यह स्वरूप उन करोड़ों स्वरूपों में से बस एक है।'' कर्ण-पिशाचिनी ने बताया।

थोड़ी देर तक सन्नाटा छाया रहा। दुष्यंत और कर्ण-पिशाचिनी एक दूसरे को देख रहे थे, और देव और कृष्णा बस तमाशबीन बने बैठे थे।

''क्या चाहते हो मुझसे? क्यों बुलाया है यहाँ?'' कर्ण-पिशाचिनी ने चुप्पी तोड़ते हुए पूछा।

''आप बताएँ कि मेरे मित्र से क्या गलती हुई है जो आप नाराज़ हैं? हम आपको प्रसन्न करने के लिए क्या कर सकते हैं?'' दुष्यंत ने पूछा।

''मैं तो खुद साधकों की इच्छाएँ पूरी करती हूँ, तुम मेरे लिए क्या करोगे?'' कर्ण-पिशाचिनी ने कटाक्ष भरे स्वर में कहा।

''जो बन पड़ेगा वो करेंगे; अभी तो हमको पता ही नहीं है कि आप नाराज़ क्यों है?'' दुष्यंत ने जवाब दिया।

''अपने मित्र पर कितना भरोसा करते हो?'' कर्ण-पिशाचिनी ने देव की तरफ देखते हुए कहा।

''अगर मुझे अपने मित्र पर भरोसा नहीं होता तो मैं यहाँ नहीं होता; मुझे कोई शौक नहीं है अपनी जान खतरे में डालने का।'' दुष्यंत ने कहा।

''इसका मतलब तुम डर गए हो?'' कर्ण-पिशाचिनी मुस्करायी।

''आप मनुष्य नहीं हैं; आपके पास कुबेर देव का आशीर्वाद है,

और आप कई शक्तियों की स्वामिनी हैं; सच कहूँ तो मैं आपसे नहीं आपकी शक्तियों से भयभीत हूँ।'' दुष्यंत ने सधे हुए स्वर में कहा।

''तुम मुझे पसंद हो।'' पिशाचिनी हँसकर बोली।

''अगर आप सच में मुझे पसंद करती हैं तो कृपा करके इतना बता दीजिए कि हम आपको खुश करने के लिए क्या कर सकते हैं? ऐसा क्या हुआ है जिसने आपको क्रोधित कर दिया है?'' दुष्यंत सामान्य स्वर में बोला।

''देव...!'' कर्ण-पिशाचिनी ने देव को संबोधित किया। देव काँप उठा। ''तुम दुष्यंत को कुछ बताना चाहोगे?'' कर्ण-पिशाचिनी देव की आँखों में देखकर बोली।

''मुझे...मुझे जो पता था मैंने दुष्यंत को बता दिया है।'' देव हकलाते हुए बोला।

''सच में?'' कर्ण-पिशाचिनी ने भवें चढ़ाकर पूछा।

''हाँ, आपसे सम्बंधित जो भी निरंकुश बाबा ने किया वो सब मैं दुष्यंत को बता चुका हूँ।'' देव सहज होने की कोशिश करता हुआ बोला।

''कितने कुटिल हो न तुम!'' कर्ण-पिशाचिनी अट्टहास करते हुए बोली।

देव काँपता हुआ पिशाचिनी को देखता रहा।

''देवी! यह तो मैं समझ ही चुका हूँ कि कहीं न कहीं कोई चूक हुई है, इसीलिए मुझे यहाँ बुलाया गया है; मैं आपसे विनती करता हूँ कि आप मुझे सारी बातें बताएँ, मैं आपसे वादा करता हूँ, आपको संतुष्ट करने के लिए मुझसे जो बन पड़ेगा, वो मैं करूँगा'', दुष्यंत ने याचना करते हुए कहा।

''ठीक है, मैं तुमको सब विस्तार से बताती हूँ। निरंकुश ने नवरात्रों में मेरी साधना की और मुझे प्रसन्न किया। मैंने उसको दर्शन देकर उसकी इच्छा पूछी और उसने मुझसे देव की सफलता की कामना की। एक अभिनेता बनना देव के नसीब में नहीं था, परन्तु निरंकुश की इच्छ

थी कि मैं उसका सपना पूरा करूँ। यहाँ अजीब स्थिति थी। पहली बार मेरा एक साधक किसी और की इच्छा पूरी करवाना चाहता था। मैंने निरंकुश के ज़रिये देव से शादी करके उसके साथ रहने का प्रस्ताव दिया जो देव ने अस्वीकार कर दिया। सच्चाई तो यह थी कि देव बहुत डरा हुआ था और कहीं न कहीं उसे मेरे अस्तित्व पर ही यकीन नहीं था, उसको बस अपनी सफलता से मतलब था। निरंकुश ने मुझे मना लिया और मैं इस शर्त पर तैयार हुई कि निरंकुश मुझे देव की कमाई के पैसों से भोग चढ़ाएगा और मैं उसके बदले में देव की इच्छाएँ पूरी करूँगी। देव जानता है कि कैसे रातों-रात उसको सफलता मिलती चली गई और उसने जो चाहा वो उसको मिलने लगा। निरंकुश, निस्वार्थ भाव से देव की इच्छाएँ मुझे बताता था, भोग चढ़ाता था और मैं उन इच्छाओं को पूर्ण करती थी।'' कर्ण-पिशाचिनी ने बताया, और देव की तरफ देखकर बोली, ''अगर मैं कुछ गलत बोलूँ तो मुझे रोक सकते हो।''

देव ने सहमति में सर हिलाया।

''सब कुछ सही चल रहा था, परन्तु देव के अपनी पत्नी से सम्बन्ध बनाने के कारण उसकी इच्छाओं को पूर्ण करना कठिन हो रहा था, और इसीलिए मैंने उसको अपनी पत्नी के साथ शारीरिक सम्बन्ध बनाने से रोका। मेरा साधक या तो मुझसे सम्बन्ध बना सकता है या किसी और स्त्री से ,जो उसकी पत्नी न हो। यह सुनने में अजीब लग सकता है पर मेरा कानून ऐसा ही है। अगर ऐसा नहीं होता है तो मैं अपने साधक की इच्छाएँ पूर्ण करने में असमर्थ हो जाती हूँ।'' कर्ण-पिशाचिनी ने बताया।

''देव ने आपकी आज्ञा का पालन किया?'' दुष्यंत ने पूछा।

''तुम जानते हो कि उसने अपनी पत्नी से सम्बन्ध बनाना बंद कर दिया था, फिर क्यों पूछ रहे हो?'' शायद अपने मित्र से छुपाना चाहते हो कि कृष्णा ने तुमको यह बात बता दी थी।'' कर्ण-पिशाचिनी हँसते हुए बोली।

देव ने अजीब सी निगाहों से दुष्यंत और कृष्णा की तरफ देखा और फिर सर झुकाकर बैठ गया।

''यह सब बताने के लिए धन्यवाद; परन्तु मेरे सवाल का जवाब अभी भी नहीं मिला है; मैं जानना चाहता हूँ कि आप नाराज़ क्यों हैं?'' दुष्यंत ने पूछा।

''मुझे आजीवन भोग देने का वादा किया गया था, और निरंकुश के जाने के बाद मेरा जो स्वरूप देव और इस बँगले के साथ जोड़ा गया था वो भूखा है; मेरा वो स्वरूप क्रोधित और असंतुष्ट है। जिस बूढी औरत को इन लोगों ने देखा था वो मेरा ही स्वरूप था। मैंने इन लोगों को कई इशारे देने की कोशिश की, पर ये समझ ही नहीं सके। यही कारण है कि इनकी तरफ से वादा तोड़े जाने के कारण मैं भी अपने किये वादे को पूरा करने में असमर्थ हूँ। अभी देव की बर्बादी तय है; इसको जो भी मेरी कृपा से मिला वो सब धीरे-धीरे इससे दूर चला जाएगा। बहुत शीघ्र ये वहीं होगा जहाँ ये आज से दस साल पहले था... जो इसके नसीब में था वही इसको मिलेगा।'' कर्ण-पिशाचिनी क्रोधित नज़र आ रही थी।

''अगर यह वादा पूरा नहीं कर सका तो आप इसको छोड़कर जा सकती हैं न?'' दुष्यंत ने पूछा।

''नहीं, यह मेरा नियम नहीं है; मैं एक बार जिससे जुड़ जाऊँ तो उसकी मृत्यु के बाद ही उसको छोड़ती हूँ। मुझे देव के साथ जोड़ा गया है, और यह साथ उसके जीवनपर्यन्त चलेगा।'' कर्ण-पिशाचिनी ने जैसे फैसला सुना दिया।

देव बुरी तरह से काँप रहा था। उसने कुछ बोलना चाहा पर उसके मुँह से आवाज़ ही नहीं निकली।

''अगर मैं सब समझ पा रहा हूँ तो सारी गड़बड़ निरंकुश के जाने के बाद शुरू हुई; निरंकुश का क्या हुआ? कहाँ गया वो?'' दुष्यंत ने पूछा।

''निरंकुश तो एक साधू था; बहते जल के समान निश्छल था वो। उसको नयी-नयी कलाओं को जानने और रिझाने की बहुत ललक थी और वो निल्वंती ग्रन्थ के रहस्यों को समझना चाहता था। उसमें चिड़ियों

की भाषा सीखने-समझने की बहुत तीव्र इच्छा था। उसकी इच्छा पूर्ण करते हुए मैंने उसको निल्वंती ग्रन्थ उपलब्ध करवा दिया और उसने उसका अध्ययन शुरू कर दिया। शीघ्र ही वो चिड़ियों की भाषा समझने लगा, परन्तु, मैं उसको यह बताना भूल गई थी कि वो निल्वंती ग्रन्थ से प्राप्त शक्ति को शायद बर्दाश्त नहीं कर पायेगा, और ठीक वैसा ही हुआ भी। निल्वंती ग्रन्थ के अध्ययन से उसको चिड़ियों के साथ-साथ दूसरे जीव-जंतु और कीट-पतंगों की भाषा भी समझ आने लगी। वो रात को सो भी नहीं पाता था और किसी भी कीट-पतंगे की आवाज़ समझ में आने के कारण उसका दिमाग सुन्न पड़ने लगा था। उसकी इस हालत में मैं भी कुछ मदद नहीं कर सकती थी, क्योंकि निल्वंती ग्रन्थ बहुत शक्तिशाली है और उसका कोई इलाज़ मेरे पास भी नहीं है। मैंने निरंकुश को ऋषिकेश में वाल्की ऋषि के आश्रम में जाने की सलाह दी, क्योंकि वही निल्वंती ग्रन्थ के रहस्यों का सम्पूर्ण ज्ञान रखते हैं और वही निरंकुश को सिखा सकते थे कि निल्वंती ग्रन्थ से प्राप्त शक्तियों को कैसे सँभाला जा सकता है। निरंकुश ने यात्रा शुरू की, परन्तु रास्ते में ही उसकी बस एक घाटी में गिर गई और बाकी सभी यात्रियों के साथ उसकी भी मृत्यु हो गई, उसके शरीर का अंतिम-संस्कार एक लावारिस लाश की तरह कर दिया गया।'' कर्ण-पिशाचिनी ने विस्तार से बताया।

''आपने अपने साधक को नहीं बताया कि उसकी मृत्यु होने वाली है और वो उस बस में यात्रा नहीं करे!'' इस बार कृष्णा ने पूछा।

''मैं मृत्यु को टालने वाली कौन होती हूँ? मुझे यमराज के काम में हस्तक्षेप करने का कोई अधिकार नहीं है।'' कर्ण-पिशाचिनी ने कहा।

''इसका मतलब यह निकलता है कि आपका स्वरूप नाराज़ है क्यूँकि उसको वादे के अनुसार भोग नहीं दिया जाता है?'' दुष्यंत ने पूछा।

''सही समझे तुम।''

''आप आदेश करें कि आपको भोग में क्या चाहिए और कब चाहिए; आपकी इच्छा अनुसार भोग आपके पास पहुँचा दिया जाया करेगा।'' दुष्यंत ने हाथ जोड़कर कहा।

''मैं अपने भोग के बारे में तो बता दूँगी, परन्तु मेरा पूजन कौन करेगा?'' कर्ण-पिशाचिनी ने पूछा।

''देव करेगा।'' दुष्यंत ने कहा।

देव अपने होश गँवाने के कगार पर था।

''उसके लिए उसको मेरी साधना करनी होगी और मुझे प्रसन्न करने के लिए मुझसे शादी करनी होगी, पूछो मंजूर है क्या उसे?'' कर्ण-पिशाचिनी ने कहा।

''नहीं...'' कृष्णा चिल्लाई, ''देव मेरे पति हैं, मैं बर्दाश्त कर सकती हूँ कि वो मेरे साथ शारीरिक सम्बन्ध नहीं बनाएँ, मेरे आँगन में बच्चों की किलकारियाँ नहीं गूँजें, परन्तु वो मेरे सिवा किसी और से शादी करें, यह कभी नहीं हो सकता।'' कृष्णा गुस्से से काँप रही थी।

''फिर कोई रास्ता नहीं बचा है, बस अपने अंजाम का इंतज़ार करो।'' कर्ण-पिशाचिनी के भाव बदल चुके थे।

''नहीं देवी, आप नाराज़ न हों, कोई न कोई रास्ता निकल सकता है।'' दुष्यंत ने याचना की।

''दुष्यंत! चले जाओ यहाँ से; यहाँ अब बर्बादी का मंज़र होगा, यहाँ रहे तो बेमौत मारे जाओगे... आज के बाद मैं बुलाने पर भी नहीं आऊँगी। यह मेरी मजबूरी थी कि तुम्हारे बुलाने पर आना पड़ा क्योंकि तुमने निस्वार्थ होकर मुझे बुलाया था...पर अब नहीं। आज के बाद तुम्हारा बुलावा स्वार्थवश होगा; अगर आज के बाद बुलाया तो कीमत अदा करनी होगी।'' कर्ण-पिशाचिनी दो कदम पीछे हटी।

''देवी, रुकिए, मेरी बात सुनिए...'' दुष्यंत अपनी बात पूरी भी नहीं कर सका और देखते ही देखते कर्ण-पिशाचिनी का शरीर हवा में घुलकर गायब हो गया।

दुष्यंत, देव और कृष्णा खुले मुँह से हवा में ताक रहे थे।

* * *

तीनों देव के शयनकक्ष में वापस आ चुके थे। चिड़ियों के

चहचहाने की आवाज़ आने लगी थी। सवेरा होने को था। देव और कृष्णा के चेहरे पर हवाइयाँ उड़ रहीं थीं और वे बेचैन नज़र आ रहे थे।

''अब क्या होगा दुष्यंत?'' देव ने कुर्सी पर बैठते हुए पूछा।

''सच कहूँ तो मुझे नहीं पता।'' दुष्यंत ने सिगरेट सुलगाते हुए कहा। देव ने एक सिगरेट माँगी और दुष्यंत ने सिगरेट का पैकेट उसको थमा दिया। दोनों की सिगरेट का धुआँ कमरे में तैरने लगा। कृष्णा चाय बनाने के लिए कमरे से बाहर जा चुकी थी।

''क्या तुम अपना सब कुछ खोने के लिए तैयार हो?'' दुष्यंत ने देव से पूछा।

देव असहज नज़र आया।

''मैंने कुछ पूछा है दोस्त!'' दुष्यंत ने कहा।

''मैंने एक सफल अभिनेता बनने के लिए क्या कर दिया, मुझे पता भी नहीं चला, और मैं आज इस कगार पर आकर खड़ा हो गया हूँ। अभी तो एक तरफ कुआँ है और दूसरी तरफ खाई; मुझे समझ आ चुका है कि मेरे अभिनेता बने रहने का समय ख़त्म हो चुका है और बाकी की ज़िन्दगी मुझे आम आदमी बनकर ही गुजारनी होगी।'' देव अपनी ज़िन्दगी की सच्चाई समझ चुका था।

''मैं तुम्हारी सोच पर खुश हूँ मित्र; चिंता न करो, कर्ण-पिशाचिनी से छुटकारा पाने का कोई न कोई रास्ता ज़रूर निकलेगा; बाद में हम दोनों दोस्त साथ में किसी छोटे से शहर में जीवन व्यतीत करेंगे... किसी ऐसी जगह चलेंगे जहाँ तुमको तुम्हारा इतिहास याद दिलाने वाला कोई न हो।'' दुष्यंत ने हँसते हुए कहा। वो माहौल को ठीक करना चाहता था।

''पर पिशाचिनी ने तो साफ़ बोला कि ज़िन्दगी भर वो मेरे साथ रहेगी।'' देव अब भी निराश था।

''याद रखो वो भगवान् नहीं है, वो तो बस एक यक्षिणी है; उससे छुटकारा पाने का कोई न कोई रास्ता ज़रूर होगा, बस वो रास्ता ढूँढ़ना है'', दुष्यंत ने विश्वास के साथ कहा।

''मेरे दोस्त, बचा लो मुझे।'' देव बिलख उठा।

कृष्णा चाय लेकर आ चुकी थी। तीनों चुपचाप बैठकर चाय पीने लगे।

तीनों चुप थे, अपनी-अपनी सोच में गुम।

* * *

देव बहुत भयभीत था और उसने दुष्यंत को उसके कमरे में ही रात गुज़ारने के लिए बोला। कृष्णा और देव अपने बिस्तर पर सोये और देव ने पास ही रखे बड़े सोफे पर सोने की तैयारी की। दिन भर की थकान और चिंता में डूबे रहने के बाद वे लोग बहुत थक चुके थे और जल्दी ही वो तीनों गहरी नींद के आगोश में समा गए।

रात के तीन बज चुके थे। सबकी नज़रों से दूर वो खूबसूरत लड़की कब्रिस्तान की सड़क पर घूम रही थी और चारों तरफ उल्लुओं और चमगादड़ो की आवाजें गूँज रहीं थीं। दूर-दूर तक किसी आदमजात का नामोनिशान तक नहीं था। वो माहौल किसी का भी खून जमा देने के लिए काफी था।

दुष्यंत का शरीर अकड़ने लगा और उसकी आँख खुल गई। उसे अचानक से ठण्ढ लगने लगी थी। उसने उठकर रजाई ओढ़ने की कोशिश की पर वो ऐसा कर न सका। वो हिल भी नहीं पा रहा था। ऐसा लगता था कि उसको लकवा मार गया हो। देव और कृष्णा गहरी नींद में थे। दुष्यंत ने चिल्लाने की कोशिश की, पर उसके मुँह से आवाज़ भी नहीं निकल सकी। उसका गला सूख रहा था। अगर कोई चीज़ उसके बस में थी, तो वो थीं उसकी आँखें। उसने चारों ओर अपनी आँखों की पुतिलियाँ घुमाईं और उसकी नज़र घड़ी पर पड़ी। तीन बजकर पाँच मिनट हुए थे। उसका दिमाग तेज़ी से चल रहा था। वो समझ चुका था कि कोई आत्मा उसके आस-पास ही है। ठण्ढ बढ़ती जा रही थी और अब उसका शरीर सुन्न पड़ रहा था। उसने देव और कृष्णा पर नज़र डाली। उसने देखा कि उनको भी ठण्ढ का एहसास हो रहा था। देव नींद में उठा और अपने और कृष्णा के ऊपर रजाई डालकर फिर से लेट

गया और उसके खर्राटे गूँजने लगे।

दुष्यंत की नज़रों के सामने एक धुँधली सी आकृति उभरने लगी। वो सफ़ेद धुआँ जैसा था जो धीरे-धीरे एक आकृति का रूप ले रहा था। दुष्यंत चुपचाप उसको देखने के सिवा कुछ नहीं कर सकता था। धीरे-धीरे वो आकृति साफ़ होने लगी, और जो उसने देखा वो उसका खून जमाने के लिए काफी था। उसके सामने उसके माँ-बाप खड़े थे। वे मुस्करा रहे थे और उसको प्यार से देख रहे थे। दुष्यंत ने पूरा जोर लगाकर उठना चाहा पर वो हिल भी न सका। उसकी रीढ़ की हड्डी में ज़ोरों का दर्द उठा और उसकी आँखें बंद होने लगीं। वो दर्द असहनीय था। उसको एक झटका सा लगा, और जब उसने आँखें खोलीं तब वो अपने माँ-बाप के पास खड़ा था। उसने सोफे पर नज़र डाली तो उसको अपना शरीर नज़र आया। वो काँप उठा और उसने अपने माँ-बाप की तरफ देखा।

''यह मुझे क्या हुआ? क्या मैं मर चुका हूँ?'' दुष्यंत ने पूछा। अब वो बोल सकता था।

उसके पिता जी ने उसको बाहर आने का इशारा किया और बाहर की तरफ चल पड़े। वे चल नहीं रहे थे बल्कि उनके शरीर ज़मीन से कुछ इंच ऊपर थे। दुष्यंत उनके पीछे चला। वो हैरान था कि वो भी ज़मीन से कुछ इंच ऊपर तैर रहा था।

''कैसे हो बेटा?'' उसकी माँ ने प्यार से पूछा। वे तीनों बँगले के बाहर बने लॉन में खड़े थे।

''मैं अच्छा हूँ माँ, आप दोनों कैसे हैं?'' दुष्यंत उनके चरणस्पर्श करने के लिए झुका, पर उसका हाथ हवा में घूम कर रह गया। वो उनको स्पर्श नहीं कर सका और तभी उसको एहसास हुआ कि उसका शरीर भी बस धुँए का गुबार भर था।

''हम जहाँ भी हैं, बहुत खुश हैं, बस तुमको दुखी देखकर हम भी दुखी हो जाते हैं।'' उसके पिता बोले।

''जब तुमने आत्महत्या करने की कोशिश की, तब हमको यह

एहसास हुआ कि हमने और हमारे प्यार ने तुमको कितना कमज़ोर बना दिया था। हम जीते-जी तुमको कभी यह नहीं समझा सके कि हर बच्चे को एक न एक दिन अपने माँ-बाप के बिना रहना ही पड़ता है। तुम्हारे पिता जी ने तुरंत जाकर तुम्हारे मित्र देव के दिमाग में यह ख़याल डाला कि वो तुमसे संपर्क करे और हम दोनों खुश हैं कि हमारी कोशिश रंग लायी और आज तुम जीवित हो।'' उसकी माँ ने कहा। वो प्यार से उसको निहार रही थीं।

''मुझे माफ़ कर दीजिये, मेरा आपको दुःख पहुँचाने का कोई इरादा नहीं था, मैं तो बस आप लोगों के पास आना चाहता था।'' दुष्यंत ने कहा। वो अपने माँ-बाप को जी भरकर देख लेना चाहता था।

''आइन्दा ऐसा सोचना भी मत, क्यूँकि अगर तुमने आत्महत्या की तो तुम्हारी आत्मा को नरक में भेज दिया जाएगा। अपने सत्कर्मों से हमें स्वर्ग के सुख भोगने का मौका मिला है, और अगर तुमने आत्महत्या की तो हमेशा के लिए हमसे जुदा हो जाओगे।'' उसके पिता ने गंभीर स्वर में कहा।'' ''अपनी ज़िन्दगी जियो और जब समय आएगा तब अपना शरीर त्यागकर स्वर्ग में आना; हम वादा करते हैं, हम तुम्हारा स्वागत करेंगे और साथ-साथ स्वर्ग में रहेंगे, पहले की तरह।''

दुष्यंत फफक कर रोना चाहता था पर उसकी आँखों से एक आँसू तक नहीं निकला।

''पुत्र, दुखी मत हो! इस समय तुम पंचतत्त्वों से अलग हो इसीलिए तुम्हारी आँखों में आँसू नहीं आ रहे हैं। इस समय तुम बस एक हवा के झोंके से बने हो। हम धर्मराज से आज्ञा लेकर यहाँ आ सके हैं और हमारे पास ज्यादा समय नहीं है; तुम जिस समस्या से जूझ रहे हो उसमें तुम्हारी मदद करने के उद्देश्य से हम यहाँ आये हैं।'' इतना कहकर उसके पिता ने उसको कुछ बताना शुरू किया, और उन्होंने जो कुछ बताया उसे सुनकर दुष्यंत दंग रह गया।

घड़ी में तीन बजकर बीस मिनट हो चुके थे।

''अब हमारे जाने का वक़्त हो गया है।'' कहकर उसकी माँ ने उसको प्यार से निहारा।

''अपना ख्याल रखना बेटा।'' उसके पिता ने कहा और उसकी माँ के साथ दो कदम पीछे हटे। दुष्यंत बेबस यह सब देख रहा था। देखते ही देखते उनके शरीर हवा में घुलने लगे और वे गायब हो गए।

दुष्यंत को तेज़ झटका लगा और वो सोफे से नीचे गिर पड़ा। उसकी आत्मा उसके शरीर में वापस आ चुकी थी और अब वो अपने हाथ-पैर हिला सकता था... अब उसके शरीर पर उसका पूरा नियंत्रण था। जो कुछ उसने अनुभव किया था वो किसी सामान्य इंसान की सोच से भी परे था और उसके दिमाग में तूफ़ान घुमड़ रहा था। उसने एक सिगरेट जलाई और गहरी सोच में डूब गया।

वो समझ चुका था कि उसको क्या करना है। उसमें उसकी जान जाने का भी खतरा था, पर अपने माँ-बाप से मिलने के बाद वो निडर हो चुका था। उसे समझ आ चुका था कि मृत्यु तो बस एक शुरूआत है, नए जीवन की।

* * *

अगली सुबह सुहावनी थी। धूप खिली थी और सब कुछ शांत नज़र आ रहा था। देव और कृष्णा चुप थे और बैचैन नज़र नहीं आ रहे थे। शायद वे समझ चुके थे कि या तो दुष्यंत उनको इस दुविधा से बाहर निकाल लेगा या फिर उनको हालात से समझौता करना पड़ेगा। यह असामान्य भी नहीं था। मनुष्य अक्सर यही किया करता है। जब तक उसके बस में होता है, वह लड़ता है, और जब कोई नतीजा हासिल होता नज़र नहीं आता, तब खुद को हालात के भरोसे छोड़ देता है।

''थोड़ा मानसिक रूप से थक चुका हूँ; सोच रहा हूँ थोड़ा आस-पास टहल लूँ।'' दुष्यंत ने कहा।

''कहाँ जा रहे हो? चलो मैं भी साथ चलता हूँ।'' देव ने सिगरेट का कश खींचते हुए कहा।

''बस यहीं आस-पास रहूँगा; बेहतर होगा कि तुम भाभी के साथ

रहो; मैं उनको अकेला नहीं छोड़ना चाहता... कहीं फिर से कर्ण-पिशाचिनी उन पर हावी न हो जाए।'' दुष्यंत ने जानबूझकर देव के मन में डर पैदा करने की कोशिश की। वो नहीं चाहता था कि देव उसके साथ आये।

''हाँ, तुम सही कह रहे हो।'' देव ने सोचते हुए कहा, ''ज्यादा दूर नहीं जाना, मुझे तुम्हारी चिंता रहेगी''

''निश्चिन्त रहो, मैं जल्दी ही वापस आ जाऊँगा।'' दुष्यंत ने विश्वास के साथ कहा और बँगले के मुख्यद्वार से बाहर निकल गया।

दुष्यंत, बँगले के पीछे वाली सड़क पर बढ़ा। वो शीघ्र ही कब्रिस्तान वाली सड़क पर था। कब्रिस्तान नज़र आ रहा था। हमेशा की तरह सड़क पर सन्नाटा छाया था। कब्रिस्तान सड़क के अंत में था और वो सड़क आगे जाकर ख़त्म हो जाती थी, और इसीलिए उस सड़क पर वाहनों और राहगीरों का आना-जाना न के बराबर होता था।

दुष्यंत चलता हुआ सड़क के किनारे तक पहुँचा। सामने लोहे की रेलिंग लगी थी और एक बोर्ड लगा था, जिस पर ''सड़क हद समाप्त, आगे गहरी खाई है।'' लिखा था। वो लोगों के लिए चेतावनी थी। दुष्यंत ने नीचे झाँककर देखा। कई सौ फुट गहरी खाई मौत के समान मुँह फैलाये खड़ी थी। वो इतनी गहरी थी कि उसका तला नज़र नहीं आ रहा था। दुष्यंत अगर कुछ देख सकता था तो वो थी असीम गहराई और नीचे तलहटी में उगे घने पेड़-पौधे और घास-फूस। दुष्यंत झट से पीछे हट गया। खाई की गहराई देखकर वो दहल सा गया था।

दुष्यंत ने पलटकर कब्रिस्तान की तरफ चलना शुरू किया। शीघ्र ही वो कब्रिस्तान के दरवाज़े पर था। दरवाज़ा खुला था और अन्दर कब्रें नज़र आ रहीं थीं। सब कुछ वीरान था और दूर-दूर तक आदमजात का नामोनिशान तक नहीं था। हवा चल रही थी और पेड़-पौधे हिल रहे थे; बस यही एक जीवन का निशान नज़र आ रहा था। बाकी सब मुर्दा था... कब्र में दफ़न मुर्दों की तरह, निष्क्रिय।

दुष्यंत आगे बढ़ा। अब वो कब्रिस्तान के पास बने छोटे से मकान

के पास खड़ा था। दरवाज़े पर छोटा सा ताला लटक रहा था। दुष्यंत ने चारों तरफ नज़र दौड़ाई। दूर-दूर तक उसे कोई नज़र नहीं आया। उसने दरवाज़े पर कान लगाकर यह निश्चित करने का प्रयास किया कि अन्दर तो कोई नहीं है। उसे सन्नाटे के सिवा कुछ सुनाई नहीं दिया। उसने पास ही पड़ा एक मध्यम आकार का पत्थर उठाया और ताले पर दे मारा। ताला टस से मस न हुआ। दुष्यंत ने दोबारा दुगने वेग से ताले पर पत्थर की चोट की, और इस बार ताला वो चोट न सह सका और तेज़ आवाज़ के साथ टूटकर ज़मीन पर गिर पड़ा।

दुष्यंत ने एक बार फिर चारों तरफ देखकर तसल्ली की और यह निश्चिन्त करने के बाद कि कोई उसे नहीं देख रहा है, चुपचाप घर में दाखिल हो गया और अन्दर से कुण्डी बंद कर ली।

उसने गहरी साँस ली और चारों तरफ देखा। वो एक बहुत पुराने मकान में था। उसकी छत लकड़ी की कड़ियों से बनी थी और लगभग जर्जर हो चुकी थी। जगह-जगह से मिट्टी नीचे झड़ रही थी। दीवारों से पपड़ी उखड़ रही थी और जगह-जगह ऐसे निशान बने थे जैसे किसी ने चारों तरफ पान थूक रखा हो। लाल रंग से दीवारें रँगी हुई थीं। कमरे में कुछ टूटा-फूटा लकड़ी का सामान रखा था, जो गल चुका था और इस्तेमाल करने लायक नहीं था। उस कमरे में दुष्यंत को कुछ और नज़र नहीं आया। बस कमरे के भीतर एक छोटा सा दरवाज़ा था, जिसको बाहर से कुण्डी लगाकर बंद किया गया था। दुष्यंत ने आगे बढ़कर कुण्डी खोली और जैसे ही उसने दरवाज़ा खोला, तेज़ बदबू उठी और उसके नथुने जैसे जल उठे। वो बदबू बहुत तीव्र थी और ऐसा लगता था कि अन्दर कुछ सड़-गल रहा है। दुष्यंत ने अपनी जेब से रूमाल निकाला; अपने थैले में से एक छोटी इत्र की शीशी निकाली, इत्र की दो-तीन बूँदें रूमाल पर टपकाई और रूमाल को कसकर अपने मुँह पर बाँध लिया। उसको बदबू अभी भी महसूस हो रही थी, पर इत्र की खुशबू की वजह से वो बर्दाश्त करने के काबिल थी।

दुष्यंत ने उस छोटे कमरे में प्रवेश किया। अन्दर थोड़ी कम रौशनी थी और कमरा सीलन से भरा हुआ था। सीलन की गंध और

बदबू ने मिलकर कमरे का माहौल दम-घोंटू बना दिया था। दुष्यंत ने चारों तरफ देखा और उसको एक छोटी सी खिड़की नज़र आई। खिड़की के नाम पर वो बस एक गली हुई लकड़ी का टुकड़ा भर लग रहा था। दुष्यंत ने आगे बढ़कर खिड़की की सिटकनी खोली और खिड़की के कपाट खुल गए। धूप और तेज़ हवा का झोंका ऐसे अन्दर दाखिल हुआ मानो बरसों से उनको उस खिड़की के खुलने का इंतज़ार था। अब दुष्यंत ठीक से साँस भी ले सकता था और कमरे का ठीक से निरीक्षण भी कर सकता था।

कमरा बहुत ही छोटा था; बस इतना बड़ा कि एक बिस्तर लगाने की जगह भर थी। कोने में एक छोटी सी मेज़ रखी थी जिस पर तंत्र-मन्त्र से सम्बंधित सामान बिखरा पड़ा था। एक बड़ा सा चाकू मेज़ के कोने पर पड़ा था, जिस पर खून के सूखे निशान साफ़ नज़र आ रहे थे। दीवारें खून से सनी थीं और कुल मिलाकर वो नरक का प्रतिबिम्ब नज़र आ रहा था। दुष्यंत ने कुछ छुए बिना बारीकी से निरीक्षण करना जारी रखा। उसको अभी भी बदबू का स्रोत नज़र नहीं आया था। इस बार उसने अपनी नज़रें कमरे के फर्श पर डालीं। फर्श कच्ची मिट्टी का बना था और मिट्टी गीली थी। उसने नीचे बैठकर मिट्टी को छुआ। वो गीलापन महसूस कर सकता था। उसने थोड़ी सी मिट्टी को अपनी हथेली पर फैलाया। वो लाल रंग साफ़ देख सकता था। अब उसको समझ आने लगा था कि कब्रिस्तान के पास बना वो छोटा मकान किसी गलत काम के लिए इस्तेमाल हो रहा था, और देव ने उसको झूठ कहा था कि उस मकान में कब्रिस्तान की देख-रेख करने वाला मौलाना रहता है।

दुष्यंत को नीचे झुकते ही बदबू बढ़ने का एहसास हुआ था। उसने मेज़ पर पड़े चाकू को उठाया और किसी छोटे कुदाल की तरह इस्तेमाल करते हुए मिट्टी को खोदना शुरू किया। मिट्टी बहुत पिलपिली थी और तीसरा या चौथा वार करते ही दुष्यंत को कुछ नज़र आया। वो कोई मानव अंग था। सूखा खून, सड़ा मांस और टूटे बाल; उसे एक नज़र में वहाँ एक सड़ा शव दबा होने का पता चल गया था।

अब वो समझ चुका था कि शव को ठीक से दफनाया नहीं गया था, और उस कमरे में वो बदबू उसी सड़ते हुए शव की वजह से थी। दुष्यंत ने खोदना जारी रखा और शीघ्र ही वो शव के ऊपर से सारी मिट्टी हटा चुका था। उसके सामने एक अध-सड़ा शव पड़ा था। वो किसी कम उम्र की लड़की का शव था और उसको बस एक सफ़ेद चादर से ढका गया था। चादर जगह-जगह से फट चुकी थी और साफ़ पता चलता था कि लड़की को नग्न अवस्था में चादर से ढँककर दफनाया गया था। दुष्यंत ने शव के ऊपर से चादर हटाकर शव का निरीक्षण किया। उसको गला रेतकर मारा गया था। बाकी शरीर हालाँकि गल चुका था, परन्तु शरीर पर कहीं और कोई चोट का निशान नज़र नहीं आ रहा था। तभी अचानक उसको उस लड़की के बायें वक्षस्थल पर एक बड़ा सा चीरा नज़र आया। उसके उस हिस्से को बड़ी सफाई से किसी धारदार चीज़ से काटा गया था और उस हिस्से का काफी सारा मांस गायब था। दुष्यंत की नज़र लड़की के हाथ पर बँधे एक तावीज पर पड़ी। दुष्यंत ने खींचकर उस तावीज़ को उसके हाथ से अलग किया। धागा भी गल चुका था और बड़े आराम से वो तावीज़ दुष्यंत के हाथ में आ गया। वो चाँदी का बना तावीज़ था। दुष्यंत ने उसे सावधानी से खोला। उसमें एक कागज़ कलावे से बाँधकर रखा गया था। दुष्यंत ने कागज़ को सावधानी से खोला और पढ़ना शुरू किया

हीम्म धीरी पताम्ब्हम, किरिकी मृतुयु मीनाज़। देव नामः मनुष्य, इस सुंदरी के यौवन का मालिक बने, तथास्तु!

दुष्यंत कुछ ख़ास समझ न सका। बस आखिरी पंक्ति ने उसके होश उड़ा दिए थे। जो कुछ उसके पिता ने उसको स्वप्न में आकर बताया था, वो सच निकला था। इसका मतलब उसका मित्र देव कुछ गलत कर रहा था... मसला बस कर्ण-पिशाचिनी तक ही सीमित नहीं था।

दुष्यंत ने वो कागज़ अपनी जेब के हवाले किया और कमरे पर एक सरसरी नज़र डाली। उसे कुछ और काम का नज़र नहीं आया। उसने खिड़की बंद की और चुपचाप कमरे से बाहर निकलकर, मुख्य

दरवाज़ा पार करता हुआ उस मकान से बाहर निकल गया। उसने बाहर निकलकर यह निश्चित किया कि कोई उसे देख तो नहीं रहा है। उसके बाद उसने एक छोटा पत्थर दरवाज़े के बाहर यह सुनिश्चित करने के लिए रखा कि कोई पशु घर के अंदर दाखिल न हो पाए, और चुपचाप बँगले की तरफ वापस चल पड़ा।

दुष्यंत का दिमाग काम करना बंद कर चुका था और उसे आराम की सख्त ज़रूरत महसूस हो रही थी।

* * *

जब दुष्यंत बँगले में वापस पहुँचा तब देव कहीं जाने की तैयारी कर रहा था।

''कहाँ की तैयारी है?'' दुष्यंत ने लॉन में पड़ी कुर्सी पर बैठते हुए पूछा।

''मैं बस तेरे ही आने का इंतज़ार कर रहा था; थोड़ा बैंक में काम है, निपटाकर बस एक घंटे में वापस आता हूँ, तब तक कृष्णा का ख्याल रखना, उसको अकेले रहने में डर लग रहा है।'' देव ने कार स्टार्ट करते हुए कहा।

दुष्यंत ने सहमति में सर हिलाया और देव कार चलाता हुआ बँगले से बाहर निकल गया।

''मैं आपके लिए चाय लाती हूँ।'' कृष्णा अंदर जाने लगी।

''नहीं भाभी, मुझे चाय नहीं चाहिये; आप यहाँ बैठिये, मुझे आपसे कुछ ज़रूरी बात करनी है।'' देव ने अपने पास पड़ी कुर्सी की तरफ इशारा करते हुए कहा।

''सब ठीक है न?'' कृष्णा ने कुर्सी पर बैठते हुए पूछा।

''सच कहूँ तो कुछ भी ठीक नहीं है। हमको लगा था कि कर्ण-पिशाचिनी ही एक परेशानी है, परन्तु यहाँ तो बात बहुत ज्यादा बिगड़ी हुई है।'' दुष्यंत ने सिगरेट जलाते हुए कहा।

''आपकी बातों से मुझे डर लग रहा है; विस्तार से बताइये माजरा

क्या है।'' कृष्णा चिंतित नज़र आई।

''कर्ण-पिशाचिनी के ज़रिये देव ने सफलता पाई, परन्तु निरंकुश के साथ मिलकर उसने कुछ और तंत्र क्रियाएँ करना भी शुरू कर दिया था; शायद वो नर-बलि जैसे घिनौने काम भी करने लगा था।'' दुष्यंत ने कहा।

कृष्णा के चेहरे पर हवाइयाँ उड़ रही थीं, ''मैं...मैं कुछ समझी नहीं।''

दुष्यंत ने बीती रात उसके माता-पिता के, सपने में आने की बात बताने के बाद कहा, ''जैसा मेरे पिता जी ने बताया था, मैं कब्रिस्तान के पास वाले घर में गया और वहाँ मुझे एक लड़की की लाश पर, एक तावीज़ में बंद यह कागज़ मिला।'' कहते हुए दुष्यंत ने वो कागज़ कृष्णा की तरफ बढ़ा दिया।

कृष्णा ने काँपते हाथों से उसे थामा और पढ़ा।

''आप समझ रही हैं न, मैं क्या कहना चाहता हूँ?'' दुष्यंत ने पूछा।

''अगर मैं सही समझ रही हूँ तो इसका मतलब यह निकलता है कि देव पागल हो चुके हैं और उन्होंने हत्याएँ करनी शुरू कर दी है।'' कृष्णा ने चारों तरफ देखते हुए धीरे से कहा। वो यह निश्चिन्त कर लेना चाहती थी कि देवकी तो आस-पास नहीं है।

''अभी देव को हत्यारा कहना ठीक नहीं है; अभी यह पता लगाना बाकी है कि उस लड़की की हत्या देव ने की थी या देव के लिए निरंकुश ने उस लड़की को मारा था।'' दुष्यंत ने कहा।

''आपके माता-पिता ने आपको और कुछ नहीं बताया जो हमारे काम आ सके?'' कृष्णा ने पूछ।

''मेरे माता-पिता से मेरी मुलाकात अर्ध-स्वप्न की अवस्था में हुई थी, और उन्होंने मुझे बस इतना कहा था कि देव सही रास्ते पर नहीं चल रहा है और उसने बहुत से बातें हमसे छुपाकर रखी हैं। उन्होंने मुझे कब्रिस्तान के पास बने मकान में जाकर देखने को कहा और वो चले

गए।'' दुष्यंत ने याद करते हुए बताया।

''आप कोशिश कीजिये न कि फिर से आपके माँ-बाप आपको आकर कुछ जानकारी दें जो हमारे काम आ सके। जो कुछ हमको पता है वो काफी नहीं है; अब तो मुझे अपने पति से ही डर लगने लगा है।'' कृष्णा ने उपाय सुझाया।

''नहीं, वो स्वर्ग में खुश हैं, मैं उनको तकलीफ नहीं देना चाहता; और सच कहूँ तो मुझे पता भी नहीं कि मेरे बुलाने पर वे आयेंगे भी या नहीं। जब मुझे कल रात होश आया तो मैं यकीन नहीं कर पा रहा था कि मेरे माँ-बाप मुझसे मिलने आये थे और सच्चाई जानने के लिए ही मैं उस घर में गया था, और जो कुछ मैंने देखा उससे यह साबित हो गया कि वे मुझे किसी चीज़ से सावधान करना चाहते थे।'' दुष्यंत ने सर खुजलाते हुए कहा।

''अब तो मुझे देव से डर लगने लगा है; कुछ सोचा है आपने कि आगे क्या करना है?'' कृष्णा काँप रही थी।

''सबसे पहले तो आप मुझसे वादा कीजिए कि आप देव से कुछ नहीं कहेंगी; अभी बहुत कुछ जानना बाकी है।'' दुष्यंत ने आश्वासन माँगा।

''मैं वादा करती हूँ।'' कृष्णा ने कहा।

''अब आप सोचकर बताइये, कुछ भी ऐसा जो आपको अजीब लगा हो; भले ही वो आपको महत्त्वपूर्ण नहीं लगा हो... कुछ भी, कुछ भी जो थोड़ा भी असामान्य हो और आपने मुझे नहीं बताया हो।'' दुष्यंत ने पूछा।

थोड़ी देर सोचने के बाद कृष्णा बोली, ''पता नहीं यह बात कोई महत्त्व रखती है या नहीं, पर इस बंगले में एक तहखाना है; मैं उसमें कभी नहीं गई, क्योंकि मुझे ऐसी जगहों पर जाने में डर लगता है, पर निरंकुश और देव वहाँ अक्सर जाया करते थे। मैं पूछती थी तो कहते थे कि महीने में एक बार वहाँ पूजन करते हैं, जिससे घर में सुख-शान्ति और समृद्धि बनी रहे।''

''यह थोड़ा अजीब है; कहाँ है वो तहखाना? आप मुझे दिखा सकती हैं?'' दुष्यंत ने पूछा।

''हाँ, पर अभी वहाँ नहीं जाना चाहिए।'' कृष्णा बोली।

'क्यों?'

''मैं नहीं चाहती कि देवकी को कुछ भी पता चले; मैं उस पर पूर्ण विश्वास नहीं कर सकती; हो सकता है कि वो देव को बता दे, और कुछ ही देर में देव भी वापस आते ही होंगे।'' कृष्णा ने कहा।

''आप बस मुझे वहाँ जाने का रास्ता दिखा दीजिये; जब रात को सब सो जाएँगे, मैं वहाँ जाकर निरीक्षण कर लूँगा।'' दुष्यंत ने रास्ता सुझाया।

'चलिए।' कृष्णा ने कुर्सी से उठते हुए कहा।

दुष्यंत उसके पीछे चल पड़ा। वे हॉल में आ चुके थे। कृष्णा ने देवकी को देखा, वो बाहर झाड़ू लगा रही थी। कृष्णा ने दुष्यंत को इशारा किया और हॉल से ऊपर की तरफ जाने वाली सीढ़ियों के पीछे बने एक छोटे से दरवाज़े की तरफ उँगली से दिखाया उस पर एक छोटा सा ताला लटक रहा था।

''यही है तहखाने में जाने का रास्ता।'' कृष्णा ने दबी आवाज़ में कहा।

''पर इस पर तो ताला लगा है; इसकी चाभी कहाँ है?'' दुष्यंत ने पूछा।

''इसकी चाभी वहाँ लटकी रहती है।'' कृष्णा ने दरवाज़े के पास ही दीवार पर एक कील के सहारे लटकी चाभी की तरफ इशारा करते हुए कहा।

''ठीक है, मैं रात को चुपचाप नीचे निरीक्षण करने जाऊँगा, अभी बाहर चलते हैं; आप मेरे लिए चाय बना लाइए।'' कहता हुआ दुष्यंत बाहर निकल गया और कृष्णा रसोई की ओर बढ़ गई।

* * *

‘‘दुष्यंत! मुझे लगता है तुमको अभी वापस चले जाना चाहिए; तुमने जितनी मदद की, वो बहुत है; मैं बैंक से ऋण ले रहा हूँ, जल्दी ही दूसरा घर खरीदकर मैं कृष्णा के साथ वहाँ रहने चला जाऊँगा।’’ देव ने कहा।

‘‘उससे क्या होगा? तुमको लगता है कि कर्ण-पिशाचिनी तुम्हारा पीछा छोड़ देगी?’’ दुष्यंत ने पूछा।

‘‘वो देखा जाएगा।’’ देव ने लापरवाह स्वर में कहा।

‘‘नहीं देव, मैं तुम लोगों को इस मुसीबत की घड़ी में छोड़कर नहीं जाना चाहता।’’ दुष्यंत ने साफ़ कहा।

‘‘पर मैं नहीं चाहता कि हमारी वजह से तुमको कुछ हो।’’ देव ने कृष्णा की तरफ देखते हुए कहा। उसको लगा था कि कृष्णा उसकी बात का समर्थन करेगी पर वो चुपचाप बैठी रही।

‘‘ठीक है इस बारे में कल बात करेंगे, अभी रात बहुत हो चुकी है, तुम लोग भी सो जाओ।’’ कहकर दुष्यंत अपने कमरे में जाने के लिए उठा।

‘‘आज भी यहीं सो जाओ; तुम साथ होते हो तो थोड़ी हिम्मत बँधी रहती है।’’ देव ने सकुचाते हुए कहा।

‘‘अजीब बात है; एक तरफ मुझे यहाँ से जाने के लिए कह रहे हो और दूसरी तरफ अकेले सोने में भी डरते हो।’’ दुष्यंत ने हँसते हुए कहा। ‘‘ठीक है, मैं यहीं सोफे पर सो जाता हूँ।’’

शीघ्र ही रात गहराने लगी और कृष्णा और देव के खर्राटे गूँजने लगे, पर दुष्यंत की आँखों से नींद कोसों दूर थी।

यह निश्चित करके की देव सो चुका है, दुष्यंत धीरे से अपनी जगह से उठा। कृष्णा के सोने या न सोने की उसको परवाह नहीं थी। दबे पाँव दुष्यंत कमरे से बाहर निकला और अपने कमरे में जाकर अपना थैला उठाया। अपने थैले में, काम आने वाली वस्तुएँ वो पहले ही रख चुका था। सीढ़ियाँ उतरकर वो हॉल में पहुँचा और दीवार पर लटक रही चाभी उठाई। हॉल में अँधेरा छाया था और रौशनी के लिए

वो छोटी टॉर्च का इस्तेमाल कर रहा था।

दुष्यंत ने आँखें बंद करके अपने माँ-बाप को याद किया। मन ही मन उनको प्रणाम करने के बाद उसने अपने इष्ट-देव को याद किया और तहखाने में जाने वाले दरवाज़े का ताला खोल दिया। सामने नीचे की ओर जाती लकड़ी की सीढ़ियाँ दिखाई दे रही थीं। टॉर्च की रौशनी में साफ़ दिख रहा था कि वो सीढ़ियाँ पुरानी लेकिन मज़बूत लकड़ी से बनी थीं। दुष्यंत ने दो-तीन सीढ़ियाँ उतरकर दरवाज़ा हल्का सा बंद कर दिया। वो निश्चित करना चाहता था कि अगर कोई हॉल में आ भी जाए तो उसको तहखाने का दरवाज़ा खुला होने का पता नहीं चले। धीरे-धीरे दुष्यंत ने सीढ़ियाँ उतरना शुरू किया और वो उतरते हुए गिनती करता जा रहा था कि वो कितनी सीढ़ियाँ उतर रहा है। आखिर में जब उसने तहखाने के फर्श पर कदम रखा तो वो तैंतीस सीढ़ियाँ उतर चुका था।

तहखाने में सन्नाटा छाया था। दुष्यंत ने टॉर्च की रौशनी को चारों तरफ घुमाकर जायजा लिया। वो एक बड़े कमरे में था। कमरा साफ़-सुथरा था और ऐसा लगता था कि वहाँ की सफाई होती रहती है। कमरे में पुराना लकड़ी का सामान रखा था। कमरे के कोनों में कुछ पुरानी, काम न आने वाली चीज़ें बिखरी हुई थीं। उस कमरे में दुष्यंत को कुछ ख़ास नज़र नहीं आया। दुष्यंत ने देखा कि उस कमरे के दो विपरीत दिशाओं में दो दरवाज़े बने थे और दोनों ही दरवाज़े खुले हुए थे। उसने उनमें से एक दरवाज़े में जाने का फैसला किया और करीब बने दरवाज़े में दाखिल हो गया। अब वो एक गलियारे से गुज़र रहा था। करीब तीस कदम चलने के बाद उसे कुछ जलने की बू आने लगी। वो तहखाना उसकी उम्मीद से ज्यादा बड़ा था। दुष्यंत जलने की बू आने के बाद चौकन्ना हो उठा था और बहुत सावधानी से आगे बढ़ रहा था। जल्दी ही उसको पीली सी रौशनी दिखाई देने लगी। उसने झट से अपनी टॉर्च बुझा दी और सावधानी से रुक कर स्थिति का जायजा लेने की कोशिश की। उसको कुछ नज़र नहीं आया, पर पीली रौशनी से ऐसा प्रतीत होता था कि आगे कहीं आग जल रही है। दुष्यंत ने सावधानी से कदम आगे बढ़ाए और गलियारे के कोने तक पहुँच गया।

अन्दर का नज़ारा देखकर वो चौंक उठा। गलियारा एक कमरे में ख़त्म होता था, और उस कमरे के अन्दर एक हवन-कुंड में अग्नि जल रही थी और उसके सामने एक शख़्स बैठा था जिसकी सफ़ेद-लम्बी दाढ़ी थी। वो कुछ बुदबुदा रहा था, जो दुष्यंत की समझ से परे था। उसके ठीक सामने देवकी नग्न अवस्था में बैठी थी और बैठे-बैठे झूम रही थी। दुष्यंत चुपचाप अपनी जगह रुक कर वो तमाशा देखने लगा। एक के बाद एक ऐसी घटनाएँ घट रही थीं कि उसका दिमाग फटने को तैयार था।

कुछ देर कोई मन्त्र बुदबुदाने के बाद उस बूढ़े व्यक्ति ने एक प्याला उठाया। वो एक पारदर्शी प्याला था और उसमें लाल गाढ़ा द्रव्य भरा था; शायद वो खून था। वृद्ध व्यक्ति ने वो प्याला देवकी की तरफ बढ़ाया और देवकी एक साँस में उसको पी गई।

''नील्वंती ग्रन्थ का रहस्य समझाने के लिए धन्यवाद देवी।'' उस बूढ़े व्यक्ति ने देवकी के सामने सर झुकाते हुए कहा।

'आयुष्मान भव।' देवकी बोली।

दुष्यंत को अपने पैरों के पास सरसराहट सी महसूस हुई। उसने झट से झुककर देखा। वो एक बड़ा सा चूहा था। दुष्यंत ने राहत की साँस ली। चूहा उसके पास से निकलकर जलती हुई अग्नि के पास से होता हुआ उस बूढ़े व्यक्ति के पास जाकर रुका और अजीब सी आवाज़ निकाली। दुष्यंत के लिए वो ची ची से बढ़कर कुछ न था, उस बूढ़े व्यक्ति ने चौंककर चूहे की तरफ देखा और एक झटके में उसकी नज़र वहाँ पड़ी, जहां दुष्यंत छुपा हुआ था।

''कौन है वहाँ?'' उस बूढ़े ने चिल्लाकर पूछा।

दुष्यंत पलटकर भागा।

वो अभी गलियारा पार भी नहीं कर पाया था कि उसकी कमर पर किसी ने ठोकर मारी और वो मुँह के बल फर्श पर गिरा। उसने अपने आप को सँभाला और अँधेरे में देखने की कोशिश की। चारों ओर घुप्प अँधेरा छाया था। उसने अपनी जेब से निकालकर टॉर्च लाइट जलाई

और उसने अपने ठीक सामने देवकी को पाया। वो नग्न थी और उसकी आँखों की पुतलियाँ नज़र नहीं आ रही थीं, बस दो सफ़ेद गुल्ले दिखाई दे रहे थे और वो बहुत डरावनी दिख रही थी। वो गहरी-गहरी साँसें ले रही थी और आक्रामक मुद्रा में थी।

''कौन हो तुम?'' वो बूढ़ा व्यक्ति दुष्यंत के ठीक पीछे था।

''यह दुष्यंत है।'' देवकी ने भारी आवाज़ में कहा। वो आवाज़ उसकी नहीं थी; ऐसा लग रहा था कि दो-तीन व्यक्ति एक साथ बोल रहे हों।

''तुम कौन हो?'' दुष्यंत ने उठते हुए पूछा।

''मैं निरंकुश हूँ।'' उस व्यक्ति ने मानो दुष्यंत के सर पर बम विस्फोट कर दिया।

'निरंकुश?' दुष्यंत ने हैरान होते हुए पूछा, ''पर तुम तो मर चुके थे।''

'हा हा हा हा।' निरंकुश हँसा।

''हँसो मत, मुझे बताओ यहाँ क्या चल रहा है?'' दुष्यंत ने चिल्लाकर कहा, ''इसका मतलब जो कुछ मेरे दोस्त के साथ हो रहा है, उसके पीछे तुम्हारी ही साजिश है; और तो और यह औरत भी तुमसे मिली हुई है... जिसका खाते हो उसी के खिलाफ षड्यंत्र करते हो, शर्म आनी चाहिए तुम लोगों को।'' दुष्यंत ने बारी-बारी दोनों को देखते हुए कहा। वो बहुत गुस्से में था।

''नहीं दुष्यंत, ये मेरे खिलाफ कोई षड्यंत्र नहीं कर रहे हैं, ये वही कर रहे हैं जो मैं चाहता हूँ।'' दुष्यंत को अपने पीछे से आवाज़ आई। उसने पलट कर देखा, सामने देव खडा था। उसके हाथ में एक मोटा लकड़ी का डंडा था।

''देव, क्या कह रहे हो तुम?'' दुष्यंत को कुछ समझ नहीं आया।

''यह सही कह रहा है मूर्ख।'' निरंकुश ने गुर्राते हुए कहा।

दुष्यंत ने पलटकर निरंकुश की तरफ देखा। वो कुछ कहने ही

वाला था कि उसके सर पर एक तेज़ चोट पड़ी और वो कटे वृक्ष की तरह धरती पर गिर पड़ा।

पीछे से उसके सर पर देव ने डंडे की तेज़ चोट की थी। देव खड़ा किसी शैतान की तरह मुस्करा रहा था और दुष्यंत फर्श पर पड़ा था। दुष्यंत अपने होश खो चुका था।

* * *

उसे सब कुछ धुँधला नज़र आ रहा था। दुष्यंत ने आँखें खोलने की कोशिश की और बमुश्किल वो थोड़ी सी पलकें ही उठा पाया। उसको सब कुछ घूमता सा महसूस हो रहा था। थोड़ी देर पलकें झपकाने की बाद उसको कुछ-कुछ साफ़ दिखना शुरू हुआ। वो किसी ऊँची मेज़ पर लेटा था। उसने अपने हाथ हिलाने की कोशिश की पर कामयाब नहीं हुआ। उसे अपने पैर भी महसूस नहीं हो रहे थे। उसने अपनी गर्दन उठाकर देखना चाहा पर वो भी नहीं कर सका। उसको तो जैसे लकवा मार गया था। उसने चारों ओर नज़रें दौड़ाईं। बल्ब की पीली रौशनी कमरे में फैली हुई थी। कमरे में ज्यादा कुछ नहीं था, बस एक कोने में कुछ दवाइयाँ और ऑपरेशन के कुछ औज़ार रखे नज़र आ रहे थे। दो या तीन लकड़ी की कुर्सियाँ पड़ी थीं। कमरे के एक कोने में पीतल की एक घंटी लटक रही थी।

वो बस इतना ही देख सका।

''कोई है?'' वो चिल्लाया। हाँ, वो बोल सकता था। इसका अर्थ था कि उसकी गर्दन से ऊपर का हिस्सा उसके नियंत्रण में था और बाकी शरीर को जैसे लकवा मार गया था। उसके सर के पिछले हिस्से में उसको थोड़ा भारीपन लग रहा था। उसको पलक झपकते ही सारी बातें याद आ गयीं। उसको याद आ गया कि वो देव के किये डंडे के वार से बेहोश हो गया था, और अब जब उसको होश आया था तो वो इस स्थिति में अकेला एक मेज़ पर पड़ा था।

''कोई है...बचाओ मुझे।'' इस बार वो ज्यादा तेज़ आवाज़ गें चिल्लाया।

कहीं कोई हलचल नहीं थी। वो असहाय था। उसका गला सूख रहा था। थोड़ी देर तक वो सोचता रहा कि उसको क्या करना चाहिए, पर उसका शरीर उसका साथ नहीं दे रहा था। उसको बाँधा नहीं गया था, पर वो हिल भी नहीं सकता था।

अचानक उसको किसी के क़दमों की आहट सुनाई दी। वो धीरे-धीरे करीब आती जा रही थी।

‘‘कोई है...बचाओ मुझे।’’ दुष्यंत चिल्लाया।

‘‘हाँ दोस्त, आ रहा हूँ, थोड़ा तो धैर्य रखो।’’ वो देव की आवाज़ थी।

कमरे का दरवाज़ा दुष्यंत के सर के पीछे की तरफ था, इसलिए वो देव को अन्दर आते नहीं देख सका। देव उसके पीछे से घूमकर आया और एक कुर्सी खींचकर उसके पास बैठ गया। ‘‘कैसे हो दुष्यंत?’’ देव ने पूछा और उसके सर पर हाथ फिराया।

‘‘क्या किया है तूने मेरे साथ?’’ दुष्यंत ने गुस्से से पूछा।

‘‘आराम करो, गहरी साँस लो; तुम बेचैन नज़र आ रहे हो।’’ देव मुस्कराया और कुर्सी से कमर टिकाकर आराम से बैठ गया।

‘‘देव, मुझे अस्पताल ले चलो, मेरे शरीर को जैसे लकवा मार गया है, मैं अपने शरीर को हिला भी नहीं पा रहा हूँ।’’ दुष्यंत ने याचनापूर्ण स्वर में कहा।

‘‘हाँ मुझे पता है; यह इंजेक्शन लगाने से ऐसा ही होता है।’’ देव ने पास पड़ी एक दवाई की खाली बोतल और इंजेक्शन की तरफ इशारा करते हुए कहा।

‘‘मतलब...मतलब, तुमने मुझे इस हालत में पहुँचाया है?’’ दुष्यंत की आँखें फटी रह गयीं।

‘‘हाँ दोस्त, मैंने ही तेरे को यह इंजेक्शन लगाकर इस हालत में पहुँचाया है’’, देव ने मुस्कराकर कहा।

‘‘पर क्यों? मैंने तुम्हारा क्या बिगाड़ा है? क्या हो क्या रहा है

यहाँ पर?'' दुष्यंत को कुछ समझ नहीं आ रहा था।

''किसी की ज़िन्दगी के लिए किसी को तो क़ुर्बानी देनी ही होती है; और तुम्हारी ज़िन्दगी तो चार लोगों का भला करेगी।'' देव ने कहा।

''क्या मतलब? मैं समझा नहीं।'' दुष्यंत के माथे पर पसीना नज़र आने लगा था।

''तुमको हक़ है सब कुछ जानने का; चिंता मत करो, तुम्हारी मौत से पहले मैं तुमको सब कुछ बताऊँगा ताकि तुम्हारी आत्मा भटकती न रहे।'' देव ने सिगरेट सुलगाते हुए कहा।

दुष्यंत चुपचाप अपने दोस्त को देखता रहा, जो उस समय किसी शैतान से कम नज़र नहीं आ रहा था।

''लो, दोस्ती के नाम पर एक कश तुम भी लगा लो।'' कहते हुए देव ने जली हुई सिगरेट दुष्यंत के होंठों पर लगा दी। दुष्यंत ने अपने होंठ खोलकर सिगरेट को होंठों में दबाया और एक गहरा कश लिया। उसको अच्छा महसूस हुआ। देव वापस अपनी कुर्सी पर टिक गया और धुआँ उड़ाने लगा।

''देव, जाने दे मुझे; मैं तेरा दोस्त हूँ... मैं यहाँ अपना सब कुछ छोड़कर तेरी मदद करने आया था और तूने मुझे किस हालत में पहुँचा दिया।'' दुष्यंत ने कहा।

''इस दुनिया में कोई दोस्त या दुश्मन नहीं होता; हम सब इंसान हैं, अकेले आते हैं और अकेले ही जाते हैं; जो सम्बन्ध यहाँ धरती पर बनते हैं वे सब अस्थाई होते हैं। तू मेरा दोस्त कभी नहीं था; पिछले दस साल में कहाँ था तू? मैंने अगर तुझे फ़ोन नहीं किया होता तो शायद हम मिलते भी नहीं। दोस्त ऐसे नहीं होते, दोस्त वे होते हैं जो हमेशा साथ रहते हैं; जैसे कृष्णा, देवकी और निरंकुश... यह लोग मेरे दोस्त हैं; मेरे हर अच्छे-बुरे काम में मेरे साथ हैं, और रहा सवाल तेरे यहाँ आने का, वो तेरी बेवकूफी थी; मैंने तो किसी शिकारी की तरह एक जाल फेंका था और तू उसमें एक शिकार की तरह फँस गया, इसमें मेरी क्या गलती है?'' देव सपाट स्वर में बोला।

दुष्यंत का मुँह ये सब सुनकर खुला का खुला रह गया। ''ठीक है, मैं समझ गया कि हम दोस्त नहीं हैं, पर मुझसे तेरा क्या मकसद हल होने वाला है? मैं गरीब हूँ और मुझे नहीं लगता कि मैं किसी के लिए कोई फायदे का सौदा हो सकता हूँ कि कोई मुझे फँसाने के लिए कोई षड्यंत्र करे।'' दुष्यंत को अभी भी कुछ समझ नहीं आ रहा था।

''चल मैं तुझे सारी बातें विस्तार से बताता हूँ, ताकि तुझे कोई शिकायत न रहे और तू चैन से मर सके।'' देव ने बताना शुरू किया। ''मैं एक दीवाना था; अभी भी हूँ; अपने सपने पूरे करने के लिए किसी भी हद तक जा सकता हूँ; जो मुझे चाहिए, मतलब चाहिए, किसी भी कीमत पर। जो मैंने तुझे बताया उसमें काफी कुछ सच भी था। मैं अभिनेता बनना चाहता था पर कोई मुझे काम देने को तैयार नहीं था। ऐसे समय में निरंकुश से मेरी मुलाक़ात हुई और उसकी मदद से मैं एक सफल कलाकार बन गया। मेरी सफलता मेरी नहीं है; यह तो बस एक छल है, पर दुनिया की नज़रों में मैं एक सितारा हूँ और बस यही मेरी मंजिल है।'' देव ने सिगरेट फर्श पर फेंककर उसको जूते से मसल दिया।

''मुझे क्यों फँसाया गया है?'' दुष्यंत ने पूछा।

''मेरी पूरी बात सुनो, सब समझ जाओगे।'' देव मुस्कराया।

दुष्यंत चुप रहा।

''निरंकुश के कहने पर इस बँगले के वास्तु में परिवर्तन किये गए, कर्ण-पिशाचिनी की स्थापना की गई, और मेरे सितारों ने अपनी चाल बदल दी। मैं कल भी सफल था और आज भी उतना ही बड़ा अभिनेता हूँ। मेरे पास काम की कोई कमी नहीं है, वो तो बस एक कहानी थी जो तुझको फँसाने के लिए बुनी गई थी। सच्चाई तो यह है कि हर छह महीने में कर्ण-पिशाचिनी को प्रसन्न करने के लिए हमको एक बलि चढ़ानी होती है, और इस बार तू हमारा निशाना बना है।'' देव ने अपने बालों पर हाथ फिराते हुए कहा।

दुष्यंत काँप उठा था, ''क्या बकवास है यह?''

''जो चाहो कहो, मैं तुमको कुछ नहीं कहूँगा।'' देव के चेहरे पर कुटिल मुस्कान थी।

''अगर मुझे मारना ही था तो इतना सब करने की क्या ज़रूरत थी? तुम जब चाहे मुझे मार सकते थे।'' दुष्यंत ने पूछा।

''सही कहा तुमने; मैं कभी भी तेरी जान ले सकता था, पर तंत्र शास्त्र में किसी भी ऐसे इंसान की बलि नहीं चढ़ाई जा सकती जो मानसिक रूप से स्वस्थ हो। जो कुछ हुआ उसके बाद तेरी मानसिक शक्ति कमज़ोर होती गई और जब हमको लगा कि सही समय है, कृष्णा की मदद से तुमको इस तहखाने में भेज दिया गया।'' देव ने बताया।

''कृष्णा भाभी...वो भी तुम्हारे साथ मिली हुई हैं?'' दुष्यंत भौचक्का रह गया।

''तुझे क्या लगा, वो मेरे खिलाफ है?'' देव खिलखिलाकर हँस पडा।

''तुम सब लोगों ने मिल कर मुझे फँसाया।'' दुष्यंत बुदबुदाया।

''वही तो मैं कह रहा हूँ... मैं, कृष्णा, देवकी और निरंकुश, हम सबने मिलकर, अच्छी तरह से सोच समझकर तुमको यहाँ बुलाया, और जैसा हमने चाहा वैसा तुम करते गए और मानसिक रूप से बीमार होते गए, और सही समय पर अपनी मौत की सेज पर पहुँच गए।''

''पर जो कुछ मैंने देखा; वो कब्रिस्तान के पास मिलने वाली लड़की, कब्रिस्तान के पास बने घर में पड़ी लाश, मेरे साथ हुए अनुभव, वो सब क्या था?'' दुष्यंत अपने दिमाग पर जोर दे रहा था।

''वो सब कर्ण-पिशाचिनी की माया थी। हम सब कर्ण-पिशाचिनी के भक्त हैं और वो हमारे परिवार का हिस्सा है। जो कुछ तुमने देखा; वो बूढ़ी औरत, कृष्णा के शरीर में आत्मा का प्रवेश, कब्रिस्तान के पास मिलने वाली लड़की, तुम्हारे माँ-बाप की आत्मा, वो सब माया थी... हाँ, जो शव तुमने कब्रिस्तान के पास बने घर में देखा वो असली था; वो लड़की तुमसे पहले हमारा शिकार बनी थी। उस घर को हम लोग शवों को ठिकाने लगाने के लिए इस्तेमाल करते हैं।'' देव ने बताया।

''मुझे शव देखने के बाद पुलिस के पास चले जाना चाहिए था।'' दुष्यंत बोला।

''शायद सही कह रहे हो।'' देव मुस्कुराया।

''क्यों कर रहे हो ऐसा देव? इस सब का सिला अच्छा नहीं होगा; एक न एक दिन तुम्हारी पोल खुलेगी और दुनिया थूकेगी तुम पर; बाहर आओ अपने दीवानेपन से और एक सामान्य ज़िन्दगी जियो, मैं तुम्हारी मदद करूँगा'' दुष्यंत ने प्यार से कहा।

''ही ही ही ही ही ही'', देव पागलों की तरह हँसा, ''तुम खुद की मदद तो कर न सके, मेरी मदद करने चले हो।''

''बंद करो यह पागलपन।'' दुष्यंत चिल्लाया।

''चलो, अब समय हो गया है तुम्हारा भोग चढ़ाने का; तैयार हो न कर्ण-पिशाचिनी का भोग बनने के लिए?'' देव कुर्सी से उठ खड़ा हुआ और कमरे के कोने में बँधी पीतल की घंटी बजा दी।

दुष्यंत बस उसको देख रहा था। कुछ ही पलों में उसको दो-तीन लोगों की पदचाप सुनाई देने लगी। वे सब उस कमरे की ही तरफ आ रहे थे। एक-एक करके, कृष्णा, देवकी और निरंकुश उसके सामने आकर खड़े हो गए। वो सब निर्वस्त्र थे और दोनों स्त्रियों के बाल खुले थे। कृष्णा के हाथ में कर्ण-पिशाचिनी की क्रिस्टल की प्रतिमा थी। दुष्यंत ने बदहवास होकर देव की तरफ देखा। वो भी अपने कपड़े उतार रहा था और शीघ्र ही वो भी निर्वस्त्र हो गया।

निरंकुश और देवकी, दुष्यंत की तरफ बढ़े और उसके कपड़े उतारने लगे। देवकी के हाथ में एक छोटी कैंची थी, जिससे वो दुष्यंत के कपड़े काटती जा रही थी और निरंकुश खींचकर दुष्यंत के शरीर से कपड़े अलग करता जा रहा था।

''छोड़ो मुझे!'' दुष्यंत जोर से चिल्लाया परन्तु किसी पर कोई प्रभाव नहीं पडा।

कुछ ही पलों में उस कमरे में सभी निर्वस्त्र थे।

कृष्णा, दुष्यंत के ठीक सामने कर्ण-पिशाचिनी की प्रतिमा लिए

खड़ी थी। वो ऐसे शांत थी मानों कुछ हुआ ही न हो। निरंकुश ने एक कोने में कपूर रखकर उसमें आग लगा दी और जोर-जोर से मंत्रोच्चार करने लगा। देव के हाथ में एक चाकू नज़र आ रहा था। कमरे में जलते हुए कपूर की गंध फैलने लगी थी और कमरा निरंकुश की आवाज़ से गूँज रहा था।

देव धीरे-धीरे चलता हुआ दुष्यंत के पास आया। दुष्यंत का पूरा चेहरा पसीने से भीगा हुआ था।

''देव, छोड़ दो मुझे।'' दुष्यंत की आवाज़ सहमी हुई थी।

''नहीं मित्र, ऐसा मत कहो; आज तो हमारी दोस्ती अमर होने वाली है... चिंता न करो, तुमको ज़रा भी दर्द नहीं होगा; मैंने तुमको इंजेक्शन लगा दिया है; तुम बस देख-सुन-बोल सकते हो, पर तुमको दर्द का ज़रा भी एहसास नहीं होगा; धीरे-धीरे तुम्हारी आँखें बंद हो जायेंगी और तुम मौत के आगोश में समा जाओगे, तुमको पता भी नहीं चलेगा।'' देव अपने हाथ में थमे चाकू को दुष्यंत के सीने के बाई तरफ टिका चुका था।

निरंकुश आगे बढ़ा और दुष्यंत के सीने पर सिन्दूर मसलकर पीछे हट गया। वो अभी भी लगभग चिल्लाता हुआ मंत्रोच्चार कर रहा था। कृष्णा और देवकी, जो अभी तक चुचाप खड़ी थीं, वे भी निरंकुश के कहे मन्त्रों को दोहराने लगीं। दुष्यंत को अपने कान जैसे फटते से महसूस हुए।

''जय-जय कर्ण-पिशाचिनी, भोग स्वीकार करो।'' कहते हुए देव ने अपने हाथ का दबाव बढ़ाया और चाकू की नोक दुष्यंत के मांस को चीरती हुई उसके सीने में धँसने लगी। दुष्यंत अपनी आँखों से अपने सीने पर नश्तर चलता देख रहा था। जैसा कि देव ने कहा था, दुष्यंत को दर्द का ज़रा भी एहसास नहीं हुआ। खून की धार बह निकली। देव ने एक जोर का झटका दिया और दुष्यंत को अपनी पसलियाँ टूटने की आवाज़ सुनाई दी। दुष्यंत अभी भी होश में था और सब कुछ देख रहा था। देव ने दुष्यंत के सीने में अपना हाथ घुसा दिया और खींचकर बाहर निकाला। दुष्यंत के शरीर को एक तेज़ झटका लगा और उसकी आँखें

बंद होने लगीं। उसकी बंद होती आँखों ने देव के हाथों में एक मांस का लोथड़ा देखा; वो खून से लथपथ था। ''यह देखो, यह है तुम्हारा दिल।'' देव ने दुष्यंत की बंद होती आँखों के सामने वो मांस का लोथड़ा घुमाते हुए कहा। दुष्यंत की आँखें बंद हो गयी थीं, हमेशा हमेशा के लिए। वो मर रहा था, उसकी आत्मा उसके शरीर से अलग हो रही थी।

इंसान के वेश में राक्षसों की टोली जश्न मना रही थी और अपनी तांत्रिक क्रियाओं में व्यस्त थी। दुष्यंत की आत्मा एक झटके से उसके शरीर से बाहर निकल आई। दुष्यंत ने आत्मा रूप में उन राक्षसों पर एक नज़र डाली और हवा में तैरते हुए बाहर निकल गया।

वो अब हवा समान हल्का हो चुका था। उसे खुशी और दुःख का कोई ज्ञान नहीं था। बाहर निकलते ही उसको एक सफ़ेद रौशनी दिखाई दी। उसमें उसे दो जाने-पहचाने चेहरे नज़र आये। वो उसके माता-पिता थे। वे स्वर्ग से उसको लेने आये थे। दुष्यंत ने झुककर उनका चरणस्पर्श किया। आज वो उनको छू भी सकता था और महसूस भी कर सकता था। उसकी माँ ने उसको गले से लगा लिया और दुष्यंत की आत्मा अपने माँ-बाप के साथ आकाश में गायब हो गई।

दुष्यंत को आखिरकार सुकून मिल ही गया था।